GRUNDLAGEN UND GEDANKEN ZUM VERSTÄNDNIS DES DRAMAS

Für den Schulgebrauch zusammengestellt

MAX FRISCH: BIEDERMANN UND DIE BRANDSTIFTER

Von

GERDA JORDAN

VERLAG MORITZ DIESTERWEG

6085 Frankfurt am Main · Berlin · München

CIP-Kurztitelaufnahme der Deutschen Bibliothek

CIP-Kurztitelaufnahme der Deutschen Bibliothek

Jordan, Gerda:
Max Frisch, Biedermann und die Brandstifter / von Gerda Jordan.
— 1. Auflage —
Frankfurt am Main, Berlin, München: Diesterweg, 1980.
(Grundlagen und Gedanken zum Verständnis des Dramas)
ISBN 3-425-06085-6

Die Reihe wird herausgegeben von Hans-Gert Roloff.

ISBN 3-425-06085-6

1. Auflage 1980

Umschlaggestaltung: Reinhard Schubert, Frankfurt am Main
Druck: Druckerei Hugo Haßmüller, Frankfurt am Main
Binden: Adolf Hiort, Wiesbaden

Inhalt

I. Allgemeine Grundlagen

1. Literaturhistorische Voraussetzungen

Die Ausgangspunkte für das moderne Theater liegen im letzten Viertel des 19. Jahrhunderts, als das naturalistische Drama die Bühne von epigonenhafter Überlieferung und von der Degeneration zu Gesellschafts- und Unterhaltungstheater erlöste und sich anschickte, gegenwärtiges Leben und konkrete Wirklichkeit auf die Bühne zu bringen. Allerdings war der Naturalismus nur von kurzer Dauer und die ihm folgende Gegenbewegung ebenfalls nur eine vorübergehende Phase der Rückbesinnung auf den Geist und die Philosophie des Idealismus, auf eine Erneuerung der klassischen Überlieferung der Antike und des Romantischen. Das Drama fußte hier noch auf der Voraussetzung einer festgefügten Welt und einer abendländischen Gesellschaft, die für Fortschritt, Verbesserung und Ausbildung der Vernunft aufnahmefähig schien. Seit dem Ersten Weltkrieg aber zeigen sich tiefgreifende Veränderungen, die zu neuen Voraussetzungen führen: Angst um Gegenwart und Zukunft, Weltvernichtung, eine Gesellschaft, die durch Gewalt erhalten oder zerstört wird, Mißachtung der Prinzipien der Vernunft, der Toleranz und der Freiheit.

Die weltanschauliche, künstlerische und dichterische Bewegung, die sich als erste die neuen Prämissen zueigen machte, war der Expressionismus. Er protestierte sowohl gegen den sogenannten Kulturmenschen als auch gegen das naturalistische Menschenbild, das ihn nur als einen abhängigen Teil der Natur sah. Das neue Theater wollte die Wirklichkeit als Ausgangspunkt nehmen und die Zerrüttung der Gesellschaft darstellen. Es war ein Angriff auf jeden Sinn für traditionelle Werte und stellte im Bloßlegen der existentiellen Situation eine defekte Welt und vor allem eine nicht mehr intakte Gesellschaft dar. Die Verzweiflung am Menschen selbst charakterisierte Brecht in *Aufstieg und Fall der Stadt Mahagonny* (1929): „Schlimm ist der Hurrikan / Schlimmer ist der Taifun / Doch am schlimmsten ist der Mensch."

Die Autoren, die diese Thematik auf die Bühne brachten, konnten nicht mehr Naturalisten sein, weder in dichterischem noch in technischem Sinne. Sie reduzierten auf den Gattungsmenschen; ‚Personen' sind Ideenträger, Typen; Musik, Geräuschkulisse und Bühnenbild — betont nackt — werden Mitspieler. Die Schranke zwischen Zuschauer und Schauspieler wird durch Überspielen der Rampe durchbrochen, der Zuschauer mit ins Spiel einbezogen und zur Teilnahme gezwungen. Der Kunststil ist weniger wichtig als der Ausdruck, der „expressionistische Schrei". Das mußte zu einer Infragestellung der Form führen; das expressionistische Drama ist eine Reihung von Einzelszenen.

Das ist das Erbe, das der für Frischs dramatische Werke bedeutungsvolle Bertolt Brecht antrat und das ihm und anderen der etwas jüngeren Generation zum Ausgangspunkt wurde. Er übernahm die Ideen des Expressionismus, die Frage nach dem Wesen des Menschen, reagierte jedoch negativ auf den Nihilismus vieler expressionistischer Stücke. Er sah die Pflicht des Dramatikers nicht nur im Aufdecken der Zerrüttung der modernen Welt, sondern in der positiven Veränderung der Welt; er sah die Bühne wie Schiller als „moralische Anstalt". Die Anfänge des Verfremdungseffektes, die er im Expressionismus vorgebildet fand, entwickelte er zum „epischen" Theater: durch Erzähler, Theater auf dem Theater, Songs, kommentierende Spruchbänder, Sprechchöre von theaterüblichen Illusionen befreit, sollte der Zuschauer kritisch urteilen können und dadurch politisch erzogen werden. Die Weiterentwicklung von Brechts Theater ging für die deutsche Bühne während seiner Emigration 1933 — 1948 verloren.

Das erste bedeutende Nachkriegsdrama, Wolfgang Borcherts *Draußen vor der Tür* (1947), knüpft an den Expressionismus an, nicht an Brecht. Brecht trat erst 1948 wieder auf die deutsche dramatische Szene; als Brücke zu einer abgerissenen Tradition wurde er zum „dominierenden Orientierungspunkt" (F. Martini) durch sein *Kleines Organon für das Theater* (1948). Das zeitgenössische Drama konnte sich nicht von Brecht lösen; es mußte ihm folgen und ihn verarbeiten, und nach und nach ließ sich eine Tendenz zum Gemeinsamen feststellen, die sich in der Ablehnung der herkömmlichen dramatischen Werte äußerte und stattdessen das Interesse am Sozialen, Gesellschaftlichen und Politischen in sich aufnahm.

Außer Brecht, Borchert und Zuckmayer hat sich kein bedeutender deutscher Dramatiker mit der nationalsozialistischen Zeit auseinandergesetzt. Die Impulse dazu kamen aus der Schweiz, dem einerseits konservativen, andererseits für geistige Strömungen offenen Land, das überdies von der Sterilität des Anti-Intellektualismus bewahrt geblieben war. Frisch und Dürrenmatt sind Brecht in der Zeitkritik und in den theatralischen Mitteln verwandt, nicht aber in den politischen Folgerungen.

„Nahe und fern zugleich sind die Werke des Schweizers Max Frisch [. . .] der Welt Brechts; ihre Berührungspunkte liegen außerhalb jeder vordergründigen politischen Ebene und genau an der Stelle, an der man bei Brecht hinter den Masken, den frivolen Tarnungen, den Verkleidungen, den Experimenten, der hemmungslosen Provokation die Frage nach der Möglichkeit eines Lebens im Sinne eines integrierten Menschseins sehen kann." (Margret Dietrich, Das moderne Drama, S. 127)

Im Gegensatz zu Brecht setzt Frischs Gesellschaftskritik gerade da ein, denn er sieht den gegenwärtigen Menschen als „durch Vorurteile vergiftet" und

„durch Feigheit und Machtbegier, durch blindes Sichversichernwollen, durch Angst und Scheuklappentechnik [. . .] dürr geworden [. . .]. Er stellt daher an den

Menschen die Frage nach dem Mut zur Identität mit sich selbst und nach dem Willen zur Verantwortlichkeit gegenüber dem Organisch-Lebendigen; er tut dies nicht mit Fanfarentönen eines kulturjungen Optimismus, sondern ironisch im Phantastischen, resigniert im Realistischen, pessimistisch in der Zukunftsvision. Das eigentliche Menschliche, ‚die Weite des Herzens, die Reinheit und Adel der Gesinnung' (Max Frisch, *Blätter aus dem Brotsack*, 1940) sieht er als eine Ausnahme von der Regel [. . .]. Die ‚Kontinente der Seele' und das ‚Abenteuer der Wahrhaftigkeit' (Max Frisch, *Die Chinesische Mauer*) bilden den Spielraum und die Handlungen seiner Dramen." (Dietrich, a.a.O., S. 127)

Die offensichtlich Schuldigen in verantwortlichen Stellungen beschäftigen ihn nicht, sondern das Verhalten des Menschen schlechthin, der versagt, weil er geistig gelähmt oder selbstgefällig ist und es bequem ist, alles beim alten zu belassen.

Auch Hans Bänziger hält Brechts Werk für das Verständnis von Frischs Dramen für wesentlich. Gemeinsam haben sie die „aggressive Tendenz und den starken Willen, die Korruption der bürgerlichen Gesellschaft bloßzustellen [. . .]", damit müssen sie „als Bürgerschreck geradezu die Bürger faszinieren. Wie konnte man einem verwöhnten Publikum das Gruseln beibringen? Durch parodistische Attacken, [. . .] Vernichtung des Gemüthaften und der ‚Einstimmigkeit'". (Bänziger, Frisch und Dürrenmatt, S. 19—20). Beide haben den Wunsch, den Menschen aufzurütteln und ihn zur Besinnung zu bringen, wenn auch Frisch nicht Brechts Optimismus teilt, durch das Theater die Welt besser machen oder Gesellschaftssysteme verändern zu können (vgl. den Untertitel zu *Biedermann und die Brandstifter*!).

Die epische Form des zeitkritischen Theaters kam Frisch besonders zustatten. Zeitkritik war schon immer die Aufgabe des Kabaretts gewesen, das

„in Zürich seit langem einen guten Boden hatte [. . .]. Man vergißt gerne, daß auf solchen Kleinbühnen stets üblich gewesen war, was auf den großen später als avantgardistisch hervorgestrichen wurde: der Ansager, Songs, Sprechchöre, das Überspielen der Rampe, all die Verfremdungseffekte, ordinäre Masken. Im Kabarett unterhielt man seit je durch die Groteske [. . .]. Aber gerade die Schweiz bot mit den natürlichen Dämpfungsmitteln, den Dialekten nämlich, einen wichtigen Vorteil: den Vorteil, Böses mit Humor zu sagen, den Vorteil, die politische Satire volkstümlicher zu gestalten." (Bänziger, a.a.O., S. 20 — 21)

Das Zürcher Schauspielhaus war das einzige deutschsprachige Theater, in dem Brechts Stücke während des Krieges aufgeführt werden konnten. Dadurch und durch seine spätere persönliche Bekanntschaft mit Brecht während dessen Aufenthaltes in Zürich im Jahre 1948, lernte Frisch den Künstler bewundern, sich aber von seinen politischen Ansichten distanzieren. Er fand Stoffe für dramatische Versuche im äußeren Wohlleben seiner vom Krieg verschont gebliebenen Landsleute und im Grauen des Krieges. Er nahm sich des deutschen Problems an und versuchte das, was die Deutschen in ihrer Nachkriegsliteratur verfehlten, nämlich den Ursachen und Konsequenzen der furchtbaren

Erfahrungen der Vergangenheit nachzugehen. Als Schweizer hatte er während des Krieges einen „Logenplatz im Welttheater" (M. Kesting) inne gehabt, war weder Mitmacher noch Geschädigter gewesen, sondern einfach Beobachter.

„Das Theater von Frisch ist ein unentwegtes Suchen und Fragen nach dem Menschen, [. . .] bei ihm liegen die ‚Zustände' nie außerhalb der Seele, der menschlichen Entscheidungen. Diese ‚Zustände' sind bei Frisch manchmal tragisch-existentiell gefaßt, wie in *Santa Cruz* oder *Don Juan oder die Liebe zur Geometrie*, in denen der Zwiespalt mitten durch das Herz der Figuren geht und die Endlichkeit und Gespaltenheit des Menschlichen das Leiden verursacht; oft sind sie als Auswirkung des Unmenschlichen gezeichnet, das dann zu Starre und Lebensungemäßem führt; kollapsartig reagiert *Graf Öderland* auf diese Starre der selbst geschaffenen, gewohnten Ordnungsform, scheitert aber auch an der Revolution und Anarchie, die ihre neuen starren Schlagworte, ihre ideologischen Versicherungen verlangen; bedrängend zeigt Frisch diese aus Unmenschlichem geschaffenen Zustände in der *Chinesischen Mauer*, diesem Mummenschanz von Larven und Masken, Welteroberern und Diktatoren aller Zeiten, die der Fortschritt unter den Heutigen bis zur Atombombenerfindung führt. Tod, Ende, Zerstörung sieht Frisch aus solchem sogenannten Fortschritt wachsen, aus der Entfernung vom Lebendigen, aus dem Größenwahn der Machtbegierigen, aus der Anarchie der Revolution, aus dem Ordnungsfanatismus der Bürokraten, aus all dem Wirken der Uniformen, der Weltverbesserer, der Ideologen. Der Fortschritt, der zur Anwendung der Atombombe führt, ist das bestürzend heutige Zeugnis für die Abdrosselung der Humanität: ‚Unser Fortschritt läßt uns nur noch die Wahl, unterzugehen oder Menschen zu werden.' " (Dietrich, a.a.O., S. 128)

Frisch stellt aber die Frage nach dem Versagen des Menschen weniger an die politisch Verantwortlichen als an den Bürger, der aus „allzumenschlichen" Gründen nicht verantwortlich gemacht werden will.

„Als Marionetten, Bequeme und ohnmächtig Leidende bevölkern sie die Szenen von Frischs Dramen, nichtssagend als Cuts und Fracks, diese ‚Bürger mit der hohlen Hand'; mit Blindheit geschlagen als *Biedermann*; ergreifend in sehender Ohnmacht als Heutige [. . .], deren Entscheidung zu spät kommt, um ernst genommen zu werden [. . .]. Rein formal gesehen, bedient sich Frisch in mancher Hinsicht der gleichen Mittel, die Brecht anwendet, um sachlich, ohne Pathos, unsentimental zu wirken. Epische Einführungen; Montagen; Sprecher; Wechsel der ästhetischen Realitätsebenen; Wechsel von Vers und Prosa; verfremdende Elemente, bewußte Anachronismen; Auftritte von Figuren, die in den verschiedensten Zeiten gelebt haben und nun als Menschheitstypen eingesetzt sind; Wechsel von Platitüden und Poesie; Klassischem und Leitartikeljargon; Zwischenvorhänge mit Lichtreklamen, die kontrapunktartig den Hintergrund der gehetzten, Betäubung suchenden Zeit deutlich machen [. . .]." (Dietrich, a.a.O., S. 128 — 130)

Mit *Nun singen sie wieder* (März 1945) rückt Frisch das moralische Problem der politischen Verantwortung, die Frage nach Gehorsam contra Menschlichkeit innerhalb des nationalsozialistischen Rahmens, in den Vordergrund und beklagt die Toten, die von sogenannten kultivierten Menschen ermordet wurden. Das Problem in der *Chinesischen Mauer* wird einer der handelnden Personen in den Mund gelegt: „Die Sintflut ist herstellbar. Wir können, was wir wollen. Wir stehen am Ende unseres Fortschritts; wir stehen da, wo Adam und Eva gestanden haben; wir stehen vor der Frage, was wir wollen.“ (Erstfassung der *Chinesischen Mauer*, 1947, S. 20) Er tut es in einem äußerlich als Farce frisierten und jede Illusion zerstörenden Schauspiel. 1949 kehrt er mit *Als der Krieg zu Ende war* zu einem geschichtlichen Zeitpunkt, dem der Besetzung Berlins durch russische Truppen, zurück, um eins seiner Lieblingsthemen, seine Abneigung gegen Vorurteile, zu illustrieren. „Du sollst dir kein Bildnis machen“, sagt er im *Tagebuch 1946—1949* (S. 31). 1951 erschien *Graf Öderland* (zweite Fassung 1956, endgültig ausgeformt 1961), angeregt durch eine Zeitungsnotiz über einen pflichttreuen Mann, der anscheinend unmotiviert einen Hauswart mit der Axt erschlagen hatte. Frisch zeigt, wie nahe im Menschen Friedfertigkeit und Chaos nebeneinander liegen können. Die Komödie *Don Juan oder Die Liebe zur Geometrie* (1952/1953) kehrt den klassischen Stoff um und macht aus dem Verführer einen Verführten, der sich an die Geometrie klammert, weil nur dort Wahrheit, Exaktheit und Klarheit zu finden sind. Dem hier behandelten Stück *Biedermann und die Brandstifter* (1958) folgte 1961 *Andorra*, eine Variation des Themas „Du sollst dir kein Bildnis machen“ und ein Angriff auf die Rassenpolitik des Dritten Reiches. Einem Knaben werden die herkömmlichen „jüdischen“ Eigenschaften angedichtet, so daß er selbst daran glaubt und danach handelt. Frischs jüngstes Stück, *Biografie* (1967), handelt von der Unmöglichkeit, auf den eigenen Lebenslauf ändernd einzuwirken.

2. Biographische Skizze

Max Frisch wurde 1911 in Zürich geboren. Sein Vater war Architekt ohne Fachausbildung und hatte den Ehrgeiz, seine Söhne zu Akademikern zu machen. Der ältere Bruder wählte Chemie, Max Germanistik. Als Junge hatte er nie viel gelesen außer „Onkel Toms Hütte“ und „Don Quichote“; stattdessen begeisterte er sich für Fußball und Theater. Als er zum ersten Mal ein zeitgenössisches Schauspiel sah, wurde ihm klar, „daß man auch heutzutage Stücke schreiben konnte“ (*Tagebuch 1946—1949*, S. 276). Daraufhin schrieb er sein erstes Stück, *Stahl,* das von Max Reinhardt abgelehnt wurde; immerhin äußerte Reinhardt die Bitte, weitere Werke einzusenden. Vor dem Abitur noch entstanden „drei oder vier“ weitere Schauspiele, die von niemand anerkannt wurden.

An der Universität behagten ihm die Germanistik-Vorlesungen wenig; er fand keine Befriedigung im Studium. Als sein Vater starb, war Frisch zweiundzwanzig, mußte das Studium unterbrechen und war drei Jahre lang als Journalist auf Reisen. Ein Freund verhalf ihm dazu, sein Studium fortzusetzen oder vielmehr ein neues zu beginnen und die Architektenlaufbahn einzuschlagen. Er verarbeitete nicht mehr Ideen sondern „Greifbares“ (*Tagebuch 1946—1949*, S. 279); er verbrannte alle seine Schriften. Zwei Jahre nur blieb er seinem Vorsatz, nichts mehr zu schreiben, treu, bis zum Ausbruch des Krieges, in dem er als Kanonier im Grenzdienst eingesetzt wurde: Damals begann er an einem Kriegstagebuch unter dem Titel *Blätter aus dem Brotsack* zu schreiben. Das nächste Werk war ein Roman, *J'adore ce qui me brûle oder die Schwierigen* (1943; es brachte ihm von dem Dramaturgen des Zürcher Schauspielhauses die Ermunterung zu einem Schauspiel ein. Das erste erfolgreiche Drama war *Santa Cruz* (1944).

Im Jahre 1950 gab Frisch seine Tätigkeit als Architekt auf und widmete sich ganz der Schriftstellerei. Seit der Veröffentlichung des *Tagebuchs 1946—1949* (1950) ist er in deutschsprachigen Ländern berühmt, Weltruhm brachte ihm der Roman *Stiller* (1965). Er erhielt eine ungewöhnlich große Anzahl von Literaturpreisen, wurde ein begehrter Redner, bereiste die Welt und verfaßte außer weiteren Dramen und Romanen zahlreiche polemische Schriften. Seine Auffassung von der Pflicht des Schriftstellers findet er in einem Ausspruch Bertolt Brechts: „Was sind das für Zeiten, wo das Gespräch über Bäume fast ein Verbrechen ist, weil es ein Schweigen über so viele Untaten einschließt." (Zitat im *Tagebuch 1946—1949*, S. 113)

3. Entstehung

Frisch ist einmal gefragt worden (Horst Bienek, Werkstattgespräche mit Schriftstellern, S. 30):

„Im Grunde liegt Ihr ganzes literarisches Werk schon im *Tagebuch 1946—1949* vor [. . .]. Wie kommt es, daß Sie immer wieder auf damals entworfene Gedanken und Handlungen zurückgreifen?"

Frischs Antwort lautet:

„Ich war damals, wie schon erwähnt, Architekt. Auf dem Heimweg vom Atelier, in einem Café, manchmal sogar im Atelier, wenn die Angestellten es nicht sehen konnten, schrieb ich solche Skizzen wie die Skizze vom andorranischen Jud; abgesehen davon, daß ich nie das hehre Gefühl von Berufung kannte, hatte ich damals gar nicht die Zeit, die Entwürfe auszuführen. Ich mußte Geld verdienen."

Auch der *Biedermann* geht auf eine solche Skizze zurück.

„In Frischs *Tagebuch* findet sich ein Prosastück unter dem Titel *Burleske*, das, in ironisch distanziertem Stil vorgetragen, im wesentlichen bereits den Handlungsverlauf seines ‚Lehrstücks ohne Lehre' *Biedermann und die Brandstifter* enthält. ‚Eines Morgens', so heißt es, ‚kommt ein Mann, ein Unbekannter, und du kannst nicht umhin, du gibst ihm eine Suppe und ein Brot dazu. Denn das Unrecht, das er seiner Erzählung nach erfahren hat, ist unleugbar, und du möchtest nicht, daß es an dir gerächt werde.' (243) Bereits hier wird modellhaft vorgeführt, wie sich der Gastgeber mit dem potentiellen Brandstifter aus Furcht und schlechtem Gewissen verbrüdert, bis hin zu jenem Trinkgelage, an dessen Ende ihn der Brandstifter um Streichhölzer bittet: ‚Du sagst dir mit Recht, daß ein Brandstifter, ein wirklicher, besser ausgerüstet wäre, und gibst auch das, ein Heftlein mit gelben Streichhölzern, und am andern Morgen, siehe da, bist du verkohlt und kannst dich nicht einmal über deine Geschichte verwundern [. . .].' (249)

Diese Parabel von einem mittelmäßigen Bürger, der aus Furcht und gespielter Gutmütigkeit zum Handlanger seines eigenen Untergangs wird, weist bereits im Kontext des *Tagebuchs*, worauf Hans Bänziger aufmerksam macht, auf eine politische

Bedeutung hin. Denn in der vorangegangenen *Tagebuch*-Eintragung beschäftigt sich Frisch mit dem ‚Umsturz in der Tschechoslowakei' (242). Hinter der Figur des tschechischen Politikers Benesch, der in der Hoffnung auf einen guten Ausgang mit radikalen Vertretern des Kommunismus paktierte und sich damit den politischen Boden unter den Füßen wegzog, erscheint die Gestalt des späteren Biedermann, der freiwillig dabei mithilft, das eigene Grab zu schaufeln. Sicherlich läßt sich die Prosaparabel im *Tagebuch* nicht völlig als Explikation des tschechischen Beispiels verstehen, vielmehr erkannte Frisch bereits in der politischen Situation so etwas wie einen Musterfall, dessen Logik übertragbar ist. Sein Hinweis im *Tagebuch* auf die Reaktion in der Schweiz, auf den ‚allgemeinen Dünkel: Das wäre bei uns halt nicht möglich' (242), läßt die Übertragbarkeit der Situation als eigentlichen Anreiz zur Gestaltung dieses Themas hervortreten." (Manfred Durzak, Dürrenmatt, Frisch, Weiss: Deutsches Drama der Gegenwart zwischen Kritik und Utopie, S. 207—208)

Aus der Prosaskizze wurde 1953 das Hörspiel *Herr Biedermann und die Brandstifter*, das Frisch für Clemens Münster beim Bayerischen Rundfunk schrieb, „weil ich ganz einfach Geld brauchte" (Hannoversche Presse, 1. 11. 1968). Die Dramatisierung mußte sich des eindringlichen „du" entledigen, und seine dramatische Funktion wird mit dem „Verfasser" ersetzt, der sich zwischen den Szenen mit Biedermann unterhält und, zur Situation Stellung nehmend, sich an den Hörer wendet. Im Hörspiel hat die Stadt einen Namen: Seldwyla, Kellers „sonniger Ort", wo sich die guten bürgerlichen Schweizer des 19. Jahrhunderts tummelten.

Frisch nannte die Geschichte

„radikal undramatisch, indem es sich um einen gradlinigen Verlauf ohne jedes Gegen-Ereignis handelt, und insofern eine Musteraufgabe für episches Theater [...]. Dann 1955 war Friedrich Dürrenmatt ein paar Tage in Männedorf, und wir amüsierten uns mit der Idee, daß er, die gleichen Darsteller einsetzend, ein Gegenstück zu diesem Biedermann machen sollte, ein Knechtling-Stück, wir blieben auf den Wegen stehen und schüttelten uns vor Lachen über seine Einfälle. Jeder hätte also seine Geschichte und seine Handschrift geliefert. Ich finde es schade, daß es nicht zustande gekommen ist." (Max Frisch, Gesammelte Werke in zeitlicher Folge, Bd. 8, S. 456)

Über die Umarbeitung des Hörspiels in ein Bühnenspiel sagt Frisch:

„Der *Biedermann* hat eine lustige Geschichte. Erschöpft vom *Homo faber*, der eben fertig war, fühlte ich mich nicht fähig, sogleich an das große Stück vom andorranischen Juden zu gehen. Auch hatte ich lange nicht für die Bühne geschrieben, Fingerübungen waren vonnöten. So nahm ich das Hörspiel, um zwei Monate lang meine Fingerübung zu machen, die dann über siebzig deutsche und viele fremdsprachige Bühnen ging; ich habe nicht damit gerechnet, daß ich von diesem Haarölschwindler leben werde." (Bienek, a.a.O., S. 32)

Während Frisch das Hörspiel eine „unwahrscheinliche Geschichte" nannte, setzte er dem 1958 beendeten Bühnenspiel den Untertitel „Ein Lehrstück ohne Lehre" bei. Im Grunde entstammen beide Zusätze derselben Erkenntnis Frischs, daß nämlich sein Publikum in keiner Weise geneigt war, die Persiflage einer Figur auf der Bühne auf sich selbst zu beziehen. Das am 29. März 1958 im Zürcher Schauspielhaus uraufgeführte, von Oskar Wälterlin inszenierte Bühnenspiel *Biedermann und die Brandstifter*, zu dem Frisch selbst das Bühnenbild — Simultanbühne des Oben und Unten — entworfen hat und bei der Wahl der Kostüme der einzelnen Personen und des Chors mitwirkte, ersetzt den Verfasser des Hörspiels, d. h. die Funktion des „du" der Prosaskizze, mit dem neuen Element des travestierten antiken Tragödienchors. Neu ist auch die *Jedermann*-Zwischenepisode. Die Mitwirkenden der Uraufführung waren u. a. Gustav Knuth, Elsbeth von Lüdinghausen, Ernst Schröder, Boy Gobert und Margot Trooger.

Das Stück war zu kurz, um einen ganzen Theaterabend auszufüllen, und der kurze Einakter *Die große Wut des Philipp Hotz*, ebenfalls 1957 / 58 geschrieben, wurde danach aufgeführt. Frisch schreibt darüber im Programmheft: „Um den Zuschauer nicht zu entlassen mit Detonationen, die übrigens aus Fachkenntnissen hervorgehen — der Verfasser ist Mineur im Zerstörer-Detachement 13, Landwehr —, spielen wir noch einen kleinen Schwank [...]." (Ges. Werke in zeitlicher Folge, a.a.O., S. 458) Für die Premiere in Deutschland am 28. September 1958 in Frankfurt am Main hat Frisch das *Nachspiel* zum *Biedermann* hinzugefügt; *Hotz* wurde nicht gegeben. Während die erste Version des Bühnenspiels mit der Vision des Chors einer neu erstandenen Stadt und somit der Möglichkeit der Wiederholung, also Hoffnungslosigkeit, endet, ist der Schluß des *Nachspiels* bitter, denn die Wiederholung ist nicht mehr nur möglich, sondern sie findet tatsächlich statt.

Schon kurz nach der Schweizer Uraufführung und wieder im April 1967 wurde *Biedermann und die Brandstifter* ins Fernsehprogramm aufgenommen. Auf die Frage, ob sich dieses Stück überhaupt für den Bildschirm eigne, antwortete Frisch: „Oh, ja, das Stück habe ich eigens für das Fernsehen umgewandelt, es eignet sich schon deshalb, weil wenig Figuren vorkommen, die noch dazu immer in der gleichen Szenerie spielen." (Hannoversche Presse, 1. 11. 1968) In dieser Fassung fehlt der Chor und das *Nachspiel*; stattdessen finden zwischen den Szenen Interviews mit dem noch einmal davongekommenen Biedermann statt, die an die Unterhaltung zwischen Verfasser und Biedermann im Hörspiel erinnern.

II. Wort- und Sachkommentar

Die Seitenangaben beziehen sich auf die 1962 im Suhrkamp Verlag erschienene Ausgabe: Max Frisch, Stücke, Band 2.

S. 110 *Metropol:* Name eines Restaurants

S. 111 *Estrich:* Dachboden; *Putzfäden:* Fadenabfälle von Textilien, zum Reinigen verwendet

S. 125 *Lili Marlen:* bei deutschen Soldaten im 2. Weltkrieg beliebter Schlager; *Lukarne:* Dachluke

S. 131 *Zeughäuser:* Gebäude zur Aufbewahrung von Kriegsmaterial

S. 142 *Pommard:* Rotweinsorte aus dem gleichnamigen Weingau in Frankreich

S. 144 *Etablissement:* Geschäft, Firma; hier Restaurant

S. 145 *Neunundvierziger:* Weinjahr; *Cave de l'Echannon:* Name des Weins

S. 146 *Candlelight:* Kerzenlicht

S. 148 *Geist von Hamlet:* in Shakespeares *Hamlet* erscheint der Geist von Hamlets Vater, um ihn zur Rache an seinem Mord aufzufordern; *der Steinerne Gast:* in Mozarts *Don Giovanni* hat Don Juan aus Übermut die steinerne Statue des von ihm ermordeten Komturs zum Diner eingeladen, die auch tatsächlich erscheint; *Mitarbeiter von Macbeth:* gemeint ist Banquo, der von Macbeth ermordet wurde. Sein Geist erscheint, sichtbar nur für Macbeth, beim Diner.

S. 150 *Fuchs, du hast die Gans gestohlen . . . :* in der Hörspielfassung ist Biedermann im Begriff, eine Sünde zu beichten. Schmitz meint, er habe vielleicht die Gans gestohlen und fängt an, das Lied zu singen. Ohne äußeren Anlaß in der Bühnenfassung ist trotzdem klar, daß mit Fuchs Biedermann gemeint ist, den die Jäger holen werden.

III. Gang der Handlung

Die Einleitungsszene dient zur Exposition der Vorgeschichte und zur Einführung in zwei wichtige Motive, Angst und Mißtrauen. Biedermann schämt sich seiner eben angezündeten Zigarre, sobald er die Männer der Feuerwehr im Halbdunkel erkennt, denn sie erinnern ihn an das kürzlich Geschehene und noch Geschehende in der Stadt, worüber der Chor jetzt, nach Biedermanns Abgang, berichtet. Wir werden mit der Tatsache bekannt gemacht, daß es in letzter Zeit eine Anzahl von Feuersbrünsten in der Stadt gegeben hat, daß diese von Brandstiftern gelegt wurden („Daß sich enthülle Verhülltes"), daß sie hätten verhindert werden können, wenn nur der Mensch sich nach dem Grund des als Schicksal bezeichneten Unglücks gefragt hätte, d. h. wenn er vernünftig und nicht durch „Allzumenschliches", den engen Horizont seiner Interessen, geblendet gewesen wäre. Der aus Bequemlichkeit gedankenlose und unverantwortliche Mensch ist des Lebens auf dieser Welt unwürdig. Die Worte der Feuerwehrleute, die sich keineswegs auf Biedermann beschränken, sondern auf die Allgemeinheit gemünzt sind, werden im Drama an einem Einzelfall illustriert, der zur Analyse eines Mitläufers wird.

Szene 1

Stube

Bis zum Auftritt von Schmitz wird die Exposition weitergeführt. Biedermann ist vertieft in die Nachrichten über eine erneute Brandstiftung und ereifert sich über die Verbrecher, die anscheinend immer die gleiche List benutzen: sie kommen als Hausierer und bitten um Obdach auf dem Dachboden. Damit wird darauf hingewiesen, daß Biedermann von vornherein über die Sachlage informiert ist. Sein „Aufhängen sollte man sie" verrät die Brutalität, zu der er fähig ist. Der Gedanke, daß die Gefahr in seiner Nähe sein könnte, kommt ihm nicht. Anna erinnert ihn an den Hausierer, der sich schon seit einer Stunde nicht abweisen noch vertrösten läßt, auch nicht hinausgeworfen werden kann, weil er zu stark ist. Ins Haarwassergeschäft wolle er nicht, Haarwasser brauche er nicht, sondern Menschlichkeit. Biedermann reagiert als Geschäftsmann, er könnte ihm ja etwas abkaufen — er sei kein Unmensch, betont er zweimal — aber in sein Haus aufnehmen wird er ihn nicht. Was er gerade in der Zeitung gelesen hat, beschäftigt ihn noch, und unbewußt hat er eine gedankliche Verbindung zwischen den obdachlosen Brandstiftern und diesem Hausierer hergestellt.

Schmitz' Eintritt überrumpelt Biedermann derart, daß er nur stammeln kann. Er merkt gar nicht, daß Schmitz seine Frage nicht beantwortet. Stattdessen beruhigt Schmitz ihn einerseits und schüchtert ihn andererseits ein, und zwar nicht nur durch sein Äußeres, sondern durch seine Unverfrorenheit; als arbeitsloser Ringer sei er doppelt bedauernswert, weil jeder Angst vor ihm habe. Biedermann, um eine Verlegenheitspause zu überbrücken, in der klar wird, daß er trotz seiner Prahlerei dem Kraftmenschen hilflos gegenüber steht, begeht den Fehler, Schmitz eine Zigarre, Brot und Wein anzubieten. Schmitz' unterwürfiges Benehmen entwaffnet ihn, und auf dessen darauffolgende Unterschämtheit — „Und etwas Butter. Etwas Käse oder kaltes Fleisch oder so. ... Ein paar Gurken, eine Tomate oder so, etwas Senf ..." — geht er nicht ein. Die Verbindung von Höflichkeit und Unverschämtheit bleibt bezeichnend für die Brandstifter im Verlauf des Dramas. Schmitz kennt Biedermanns wunden Punkt, seine Selbstgefälligkeit, und durch Schmeichelei veranlaßt er ihn zu seinem nächsten Fehler: Biedermann bietet ihm einen Sessel an. Schmitz macht von dem obersten Prinzip seines Partners Eisenring Gebrauch. Man spricht von dem Unangenehmen, man nennt sozusagen das Kind beim Namen, man sagt sie Wahrheit, so wird man am wenigsten verdächtigt. Und beiläufig erwähnt er den Zirkusbrand, seine erste Anspielung auf seine Beziehung zu Feuer. Biedermann wechselt das Thema mit einer Verlegenheitsbemerkung; er will nichts Beunruhigendes wissen. Schmitz' zweite Anspielung auf Feuer ist seine Feststellung, daß sein Vater Köhler war. Wieder verlegt er sich auf Schmeichelei; er glaube ihm, wenn er sage, er habe kein freies Bett — Biedermann selbst hat nichts dergleichen gesagt —, denn man solle seinem Nächsten glauben; Mißtrauen sei ein großes Übel. Er werde überall für einen Brandstifter gehalten, sagt er, indem er sorgfältig den Aschenbecher benutzt, nur er, Herr Biedermann, sehe ihn als Menschen. Die Schmeichelei wird, unbemerkt von Biedermann, zur Drohung: er, der Ringer, könnte die Knochen Biedermanns und seinesgleichen brechen. Mit Hilfe der Zeitung will Biedermann das Mißtrauen der Allgemeinheit rechtfertigen. Das Gottesgericht käme sowieso, sagt Schmitz, das wisse man auch ohne Zeitung. Das Wort erregt nur Biedermanns Neugier, er ist nicht davon betroffen.

Zu diesem Zeitpunkt hat Biedermann noch die Oberhand; obgleich sein feiger und prahlerischer Charakter schon offensichtlich ist, läßt sich sein Verhalten noch dadurch erklären, daß er es mit einem ihm neuen Menschenschlag zu tun hat und aus Erstaunen und geheuchelter Leutseligkeit nichts unternimmt. Aber als Anna Herrn Knechtling meldet, ist er durch die Erwähnung dieses Namens derartig bestürzt, daß er sich dazu hinreißen läßt, die Zusammenhänge in Anwesenheit von Schmitz mit Anna zu bereden. Da Knechtling nicht vor ihm steht, findet er leicht die Worte, er solle sich unter den Gasherd legen — es erinnert an „Aufhängen sollte man sie!" — oder einen Anwalt nehmen, den Knechtling, wie er sehr wohl weiß, sich nicht leisten kann. Schmitz hat kein Wort überhört; jetzt hat er eine Handhabe, und er reagiert mit Lob auf Biedermanns Menschlichkeit, ihn, Schmitz, nicht hinausgeworfen zu haben. Biedermanns erneute Versicherung, er sei kein Unmensch — diesmal in Bezug auf Knechtling —, gibt Schmitz die Gelegenheit, es als selbstverständlich anzusehen, daß er diese Nacht auf Biedermanns Dachboden verbringen darf. Biedermann scheint nur die Worte „Wenn Sie ein Unmensch wären" zu hören, denn er wendet nichts dagegen ein, und Schmitz wechselt sofort das Thema.

Die Sachlage hat sich durch das Auftreten des Problems Knechtling im Nu geändert. Biedermanns Unbarmherzigkeit ist nicht mehr bloße Prahlerei, sondern zur Tatsache geworden; im Unterbewußtsein spürt er das, weshalb es auch Schmitz durch wiederholte Schmeichelei gelingt, sich einen Platz auf dem Dachboden zu sichern. Dadurch, daß es draußen klingelt und Frau Biedermann gleich eintreten wird, wird Biedermann nochmals überrumpelt. Er ist zu weit gegangen, kann diesen unheimlichen Menschen nicht mehr hinauswerfen, und er begleitet Schmitz aus dem Zimmer auf den Dachboden, froh, die Angelegenheit jedenfalls für diese Nacht von sich gewiesen zu haben. Hier enthüllt sich ein Charakterzug Biedermanns, der im folgenden sein ausgeprägtester wird: seine Feigheit und Unentschlossenheit angesichts irgendwelcher Probleme.

Frau Biedermann hat unten ein verrostetes Fahrrad gesehen; furchtsam und engstirnig wie ihr Mann, verdächtigt sie Annas mutmaßlichen Freund.

Dachboden

Man flüstert, denn niemand soll wissen, daß Schmitz den Boden bezogen hat. Um seine aufsteigende Ahnung und Angst zu beruhigen, fragt Biedermann Schmitz — es fällt ihm schwer —, ob er auch bestimmt kein Brandstifter sei. Schmitz' Antwort, die keine ist, befriedigt ihn, weil er befriedigt sein will.

Stube

Frau Biedermann ist durch ein Geräusch erschrocken, aber wie in der Sache des verrosteten Fahrrads findet sie auch hier eine logische Erklärung. Es muß ihr Mann sein, der jeden Abend persönlich den Dachboden nach Brandstiftern absucht.

Dachboden

Schmitz macht leise das Licht aus.

Chor

Frau Biedermann hat jemand husten und schnarchen hören und schöpft Verdacht, während Biedermann sich mit einem Schlafmittel von der Welt und jeglicher Konfrontation abgeschlossen hat. Nach vier Uhr wird es hell; die Feuerwehr ist froh, daß die Stadt in dieser Nacht verschont geblieben ist.

Szene 2

Stube

Am nächsten Morgen, schon halb auf dem Weg ins Büro, versichert Biedermann seiner Frau, daß der Gast oben kein Brandstifter ist. Erstens habe er ihn danach gefragt — daß er keine Antwort bekommen hat, verschweigt er, oder er weiß es selbst nicht mehr —, und zweitens habe er das ewige Mißtrauen satt. Doch beginnt das Mißtrauen an seinen Nerven zu nagen, vielleicht auch sein Unbehagen, so daß er das, was er an Knechtling verbrochen hat, nun an Schmitz wieder gut machen will. Überdies schmeichelt es ihm, daß Schmitz, im Gegensatz zu Knechtling, ihn für menschlich hält. Nachdem er Babettes guten Vorsätzen, Schmitz aufs freundlichste fortzuschicken, zugestimmt hat, froh, diese unbequeme Sache nicht selbst erledigen zu müssen, tritt zutage, was es mit der Haarwasser-Erfindung wirklich auf sich hat. Biedermann und Knechtling haben die Öffentlichkeit betrogen und mit der Gutgläubigkeit der Glatzköpfigen ihr Geschäft gemacht. Es unterstreicht Biedermanns Kurzsichtigkeit, einen weiteren Charakterzug, den er später in höchstem Maße offenbart, sich dieses Mitwissers seiner unreinen Geschäftspraktiken entledigen zu wollen. Unbemerkt hat Schmitz dem Gespräch zugehört, natürlich auch Biedermanns erneuter Bekundung seiner Brutalität: „Diesem Knechtling werde ich die Kehle schon umdrehn.“ Er tritt nun vor, wünscht einen guten Morgen, man nennt sich beim Vornamen. Daß Biedermann nicht ganz so freundlich ist wie am Vorabend — er nimmt nicht sogleich Schmitz' ausgestreckte Hand —, liegt einerseits an dem Vorsatz seiner Frau, ihn wegzuschicken, und andererseits daran, daß er befürchten muß, Schmitz könnte seine Drohung gegen Knechtling gehört haben. Aber glücklich in der Annahme, diesen ungemütlichen Kerl jetzt durch die Bemühungen seiner Frau loszuwerden, wird er beim Fortgehen überfreundlich.

Nach einigen Umwegen, während welcher Babette vor Angst vergeht — „Sie zittern, Madame!?“ — scheint sie zum Sprechen bereit, aber Schmitz kommt ihr zuvor, und zwar so, daß sie verneinen muß, wenn sie ihn ihrer Meinung nach nicht schwer verletzen will. Und das will sie nicht, denn man kann ja nicht so mißtrauisch sein und jeden für einen Brandstifter halten. Er weiß genau, wo sie zu packen ist, und veranlaßt, daß er ihr leid tut, ein armer Köhlersohn ohne Kultur, ohne Jugend, ohne Mutter. Das verfehlt nicht seine Wirkung; schließlich sind Biedermanns menschlich, und Babette kann ihn ebensowenig wegschicken wie ihr Mann am Abend zuvor. Ihre Barmherzigkeit lobend nimmt Schmitz die Gelegenheit wahr, seinen Freund

Willi zu erwähnen, dessen Ankunft er jetzt wie selbstverständlich ankündigt: „Der wird Augen machen! — wenn er ein solches Frühstück bekommt [...]!" Eine dritte Anspielung auf Feuer macht er in Verbindung mit Willi als Kellner im Metropol. Unter dem Vorwand, Feuerversicherungsanstellter zu sein, gesellt dieser sich zu ihm.

Biedermanns haben sich durch ihre vorgegebene Gutmütigkeit und ihr Verschulden in der Knechtlingsangelegenheit bereits jeden Rückzug verstellt, und alle Versuche Biedermanns, sich der Brandstifter zu entledigen, müssen scheitern, so wenig er selbst auch die Situation wahrhaben will. Von hier an nehmen die Dinge ihren Lauf, und es bleibt nur zu beobachten, wie Biedermann seine Lage erkennt und sich aus dem Unvermeidlichen zu winden sucht.

Chor

Die Feuerwehrleute sind nicht mehr arglos; die zwei verrosteten Fahrräder sind ihnen verdächtig. Sie beschreiben Biedermann und damit den Menschen, der sich der Gewalt gegenüber sieht. Der ängstliche Mensch erschrickt über alles; er lehnt sich auf gegen alles und jedes, auch gegen das, was er nur vom Hörensagen weiß. Doch wenn das Böse an ihn selbst herantritt, ist er vor Angst gelähmt und kann nur hoffen, daß es nicht so schlimm wird.

Szene 3

In dieser Szene erkennt auch Biedermann, was sich unter der Oberfläche schon vollzogen hat: er kann nicht mehr zurück.

Dachboden

Schmitz fürchtet, daß Biedermann die Polizei rufen könnte, aber Willi ist sich des Abhängigkeitsverhältnisses zwischen Biedermann und ihnen bewußt, das sich in dieser Szene zuspitzt. Biedermann tritt auf, entschlossen, seinen Zweifeln ein Ende zu machen. Er zeigt geradezu Energie bei der Forderung, Schmitz möge das Haus verlassen, er droht sogar mit der Polizei. Es ist wieder die gespielte Naivität und Harmlosigkeit, das scheinbare Auf-alles-Eingehen, was Biedermann „sprachlos" macht, als er sich zwei Männern gegenüber sieht statt des einen. Auf der Simultanbühne wechselt das Oben und Unten schnell ab. Ein Polizist unten will Biedermann sprechen, während dieser oben entdeckt, daß die Bezeichnung „Benzin" auf den Schildern der Fässer steht, die Schmitz und Willi dort verstaut haben. Nach dem Prinzip „Die Wahrheit glaubt keiner" geben die beiden es zu. Ohne direkt das Thema zu wechseln, reden sie von Nebensächlichkeiten und tun, als hätten sie Biedermanns Einwände und seine Drohung, die Polizei zu benachrichtigen, schon diskutiert. Gerade dann kommt der Polizist nach oben, und Biedermann hätte sich ihm eröffnen können; aber der Bericht von Knechtlings Tod treibt ihn in die Klemme: Knechtling hat sich genauso getötet, wie Biedermann es vorgeschlagen hatte, und Schmitz war Zeuge seiner diesbezüglichen Äußerungen gewesen. Er muß eines der beiden ihn bedrängenden Übel erst einmal von sich schieben und wählt das, was ihm für den Augenblick Erleichterung verschafft. Er, der eigentlich gekommen war, die beiden hinauszuwerfen, ist zu ihrem Komplizen geworden. Sie können jetzt beruhigt zu ihren Vorbereitungen zurückkehren; von Biedermann haben sie nichts mehr zu befürchten.

Chor

Die Feuerwehr begrüßt, dankbar wie am vorigen Tag, den neuen Morgen. Der Mensch kann Gefahr vermeiden; solange er über das, was vor sich geht, nachdenkt, kann er Anzeichen des kommenden Verhängnisses erkennen. Aber wer nur an die Zeitung glaubt, denkt nicht mehr und sieht nicht die Gefahr in der Nähe, oder er beschäftigt sich mit Alltäglichem, um sich zu betäuben. Hier treffen die Handlungs- und Reflexionsebenen zusammen: der Chor greift in die Handlung ein und warnt Biedermann auf dem Weg zum Rechtsanwalt, den er Knechtlings wegen aufsucht. Er weist im besonderen darauf hin, daß die Gefahr, die sich in Biedermanns Haus eingeschlichen hat, die ganze Menschheit angeht und Biedermann dafür verantwortlich ist. Biedermanns schlechtes Gewissen tritt zutage. Er will seinen Frieden, weil er ihn in diesem Moment gerade am wenigsten hat; er weiß sehr wohl, was sich auf seinem Dachboden anbahnt, aber die Knechtling-Angelegenheit pressiert zur Zeit mehr. Mit seinem Gerede von Vertrauen und gutem Willen versucht er sich selbst Mut einzureden; damit kann er den Gedanken an den Dachboden erst einmal von sich schieben. Es ist die genaue Umkehrung seiner vor zwei Tagen geäußerten Ansichten, als er die Brandstifter noch hatte aufhängen lassen wollen; er beweist aufs neue seine Feigheit, wenn es gilt, der Gewalt entgegenzutreten. Das Schnarchen in der Nacht hätte ihn beruhigt, lügt er; dann widerspricht er sich, indem er angibt daß er die beiden hätte hinauswerfen wollen, und schiebt die Schuld dafür, daß dies nicht geschehen ist, auf seine Frau. Er versucht, sich den Anklagen des Chors zu entwinden, und leugnet sogar das, was er eben selbst festgestellt hat: den Benzingeruch. Aber gerade jetzt hat er anderes, Wichtigeres im Kopf.

Biedermann interessieren die vom Chor erwähnten größeren Zusammenhänge nicht. Er hat sein Dilemma erkannt, und von jetzt an geht es ihm darum, eins der Bedrängnisse solange von sich abzuhalten, bis er das andere abgewendet hat. In dieser Szene war Knechtling das schlimmere Übel gewesen.

Szene 4

Dachboden

Die Vorbereitungen schreiten fort.

Stube

Nun gilt es, sich auf ein bestimmtes Verhältnis zu den Brandstiftern festzulegen. Der Ausweg, der Biedermann einfällt, ist, sich ihnen anzubiedern. Er erhofft sich davon, daß sie *sein* Haus verschonen: andere Menschen sind ihm gleichgültig.

Dachboden

Eisenring und Biedermann sind entwaffnend höflich zueinander. Biedermann ist immer bestrebt, ihn und seinen Gefährten als Freunde zu gewinnen. Eisenring hat das erkannt, er kennt auch Biedermanns Lage und hält es nicht mehr für nötig, die Vorbereitungen zu verhehlen; er spricht von Holzwolle für Funkenverbreitung, Zündkapseln und davon, daß er im Gefängnis war, denn die blanke Wahrheit „glaubt niemand".

Stube

Anna teilt der Witwe Knechtling mit, daß Biedermann mit ihr nichts zu tun haben wolle.

Dachboden

Biedermann beweist seine Überzeugung, daß er das Recht habe, überhaupt nicht zu denken, indem er in diesem entzündbaren Raum seine Zigarre raucht, worauf Eisenring ihn höflich aufmerksam macht. Biedermanns Gefasel über Klassenunterschiede zeigt deutlich, in welchem Maße er sich belügt; demgegenüber steht Eisenrings Taktik der nackten Wahrheit, die Biedermann in zunehmende Hirnverbranntheit treibt; in seiner panischen Angst verlegt er sich auf Eisenrings „drittbeste Tarnung", er hofft noch, die Brandstifter machten Spaß. Dann plötzlich wird es ihm klar, daß es blutiger Ernst ist, und ehe er Annas Ruf nach unten folgt, bringt er die Einladung zum Gänse-Essen hervor. Von diesem Verbrüderungsversuch verspricht er sich soviel, daß er Eisenrings Bemerkung, „Morgen, glaub ich, sind wir nicht mehr da", keine Bedeutung beimißt.

Dachboden

Ein Dritter ist im Bunde, ein gelehrter „Weltverbesserer", der unlautere Mittel zum Zweck nicht scheut. Er soll Wache halten, damit vor dem geplanten Zeitpunkt nichts geschieht.

Chor

Die Feuerwehr ist bereit, jeder kennt seine Handgriffe. Der Dr. phil. trägt Babette eine dringende Mitteilung an Biedermann auf, aber sie vergißt sie über ihren eigenen Vorahnungen eines unbestimmten Endes, die sie nur unklar mit den beiden auf dem Dachboden in Verbindung bringt. Sie ist selbst nicht überzeugt, daß das Gänse-Essen das Richtige ist — ein ähnlicher Anbiederungsversuch hat schon einmal stattgefunden —, aber sie versteckt ihre Angst hinter dem Glauben an Biedermanns Gutmütigkeit. Diese unemanzipierte Frau ist gewohnt, alle Handlungen ihres Mannes gutzuheißen.

Die Katastrophe ist unvermeidlich; die Brandstifter haben ihre Unerbittlichkeit gezeigt. Biedermann weiß es wohl, und seine verzweifelte Hoffnung, verschont zu bleiben, fußt auf seiner Verlogenheit sich selbst gegenüber.

Szene 5

Stube

Während am Morgen die Knechtling-Angelegenheit wichtiger war als die Brandstifter, ist es jetzt umgekehrt. Das schlechte Gewissen in Gestalt der Witwe Knechtling wird abgewiesen. Biedermanns Gedanken drehen sich nur um die beiden auf dem Dachboden, und seine Nervenkraft ist am Ende, er kann die Glocken nicht ertragen. Er bemüht sich, Schmitz und Eisenring zu gewinnen, indem er die äußeren Merkmale des zwischen ihnen bestehenden Klassenunterschieds beseitigt. Die auf die kommenden Ereignisse hindeutende Namensverwechslung bei der Bestellung des Grabkranzes für Knechtling hätte einen weniger mit sich selbst und den unmittelbaren Notwendigkeiten beschäftigten Mann vollkommen aus der Fassung gebracht, er aber reagiert kaum in seinem verlogenen Eifer, sein „Abendmahl" „volkstümlich" zu gestalten, wie er sich vorstellt, daß die beiden es gewohnt sind.

Biedermann rechtfertigt sich vor dem Publikum; wie hätte er anders handeln können? Er konnte nichts dafür, ist seine Überzeugung, und er denkt nicht daran, daß seine Feigheit und sein schlechtes Gewissen ihm sein Handeln vorgeschrieben haben.

Szene 6

Stube

Eisenrings Prinzip, daß niemand die Wahrheit glaubt, beherrscht das Gespräch bei Tisch. Biedermanns erfahren, daß Eisenring wegen Brandstiftung im Gefängnis war; über den Brand im Theater wird gesprochen.

Biedermann hat Eisenrings beste Tarnung noch immer nicht verstanden; er klammert sich gerade daran, daß niemand, der Böses im Schilde führt, offen darüber spricht, d. h. er schließt von sich auf andere. Daß er aber im Grunde selbst nicht davon überzeugt ist, wird durch sein übertriebenes Gelächter deutlich. Babette, bisher ihren Ahnungen nicht folgend und aus Bequemlichkeit blind den Tatsachen gegenüber, wird langsam gewahr, daß es Ernst ist. Daß Biedermann „nicht immer recht hat", wird ihr durch die peinliche Situation der fehlenden Tischgeräte klar. Schmitz und Eisenring entdecken eine Möglichkeit, an die fehlenden Streichhölzer zu kommen: sie wollen die unbenutzten Kandelaber anzünden. Doch Biedermann kommt ihnen zuvor, froh, daß sie keine Streichhölzer haben, was für ihn ein Beweis ist, daß sie keine Brandstifter sind. Er glaubt eben, was er glauben will, und auch als Schmitz mit dem Tischtuch als Geist verkleidet ihn Jedermann gleichstellt, verfehlt dies seine Wirkung, denn was Biedermanns in Salzburg gesehen haben, haben sie entweder vergessen oder dessen Bedeutung nie erkannt. Erst als Schmitz sich für den Geist von Knechtling ausgibt, zittert er, aber der Sinn des Liedes über Gerechtigkeit, „Fuchs, du hast die Gans gestohlen", bleibt unbeachtet. Erst das Ertönen der Sirenen hat eine ernüchternde Wirkung auf ihn, doch will er den beiden noch immer nicht glauben, auch als sie sagen, sie hätten sein Haus als besonders günstig gelegen ausgewählt, um die Stadt niederzubrennen. Noch immer lebt er in dem Wahn, daß die „Freundschaft" ihn retten könne, und leugnet, bis zum Schwur bei Gott, an den er nicht glaubt, daß er sie je für Brandstifter gehalten habe. Trotzdem zögert er mit den als Zeichen des Vertrauens verlangten Streichhölzern; der Kaffee bedeutet eine Galgenfrist, die er als letzte Zuflucht zu einem erneuten Freundschaftsbeweis ergreifen will: Sie trinken Brüderschaft, obgleich Eisenring warnt: „[...] es lohnt sich nicht mehr." Auch die Judasküsse nützen nicht; Biedermann gibt ihnen die Streichhölzer, sie müssen fort. In der Stadt brennt es, aber „Zum Glück ist's nicht bei uns ..." Zu spät verliest der Dr. phil sein Schriftstück, das bezeichnenderweise im Getöse der Sirenen ungehört bleibt. Er distanziert sich — ins Parkett, also vollkommen — von den Vorgängen, weil er zwar mit den Mitteln der Brandstifter übereinstimmte, nicht aber mit ihren Beweggründen. Biedermann belügt sich noch in seiner letzten Äußerung.

Chor

Niemand wird aus dieser sinnlosen Geschichte lernen, denn nun nennt man Schicksal, was Blödsinn war, und nicht alle Biedermänner sind im Feuer umgekommen. Obgleich man Schrecken voraussehen kann, tut man doch nichts, ihn zu verhindern.

Nachspiel

Biedermanns glauben sich im Himmel, obgleich der kreischende Papagei, der schreiende Säugling und ihre eigene klingende Hausglocke nicht ihren Vorstellungen vom Himmel entsprechen. Anhand der zehn Gebote beschwört Biedermann seine Unschuld — „verglichen mit anderen" —, nicht ahnend, daß er stattdessen seine Sünde aufzählt. Keiner der vorgeführten Verdammten ist so schuldig wie er.

Die wahren Sünder sind begnadigt und im Himmel, erzählt Eisenring, weil sie ihre Verbrechen in Uniform oder im Dienste des Staates begangen haben; es gibt dort Mörder und ordensgeschmückte Würdenträger, die Heiligen sind leblos, die Kirchenfürsten schweigen und Gott spricht, was in der Zeitung steht. Unter diesen Umständen hat die Hölle keinen Zweck mehr und soll gelöscht werden. Schmitz-Beelzebub und Eisenring verachten die Welt und den bedeutungslosen Himmel, deshalb kehren sie zu ihrem Spiel zurück — wieder ohne Streichhölzer, aber sie wissen: „Man wird sie uns schenken ...". Die Feuerwehr hat die Hölle gelöscht, das schlechte Gewissen in Gestalt von Frau Knechtling ist verschwunden, die Stadt ist neu erstanden, alles ist vergessen: Die nächste Katastrophe kann beginnen.

IV. Gedanken und Probleme

1. Die Rolle des Chors

Das griechische Drama entwickelte sich aus den kultischen Betrachtungen des Chors bei den Dionysischen Festspielen. Aus anfänglichen Tänzen mit Musik und Gesang wurden später Einzel- und Wechselrede, bzw. -gesänge, die im 6. Jahrhundert v. Chr. erklärende Verse enthielten und dann zur Wechselrede zwischen einem Schauspieler und dem Chor führten. Durch Hinzufügung erst eines zweiten, dann mehrerer Schauspieler wurde das Drama erst möglich; der Chor blieb ein wesentlicher Teil des griechischen Dramas. Er griff, besonders über den Chorführer, gelegentlich in die Handlung ein, hatte aber im späteren griechischen Drama, abgesehen von seiner Bedeutung bei der Entwicklung, seine Funktion mehr als interessierter Betrachter, d. h. als öffentliche Meinung, die oft die des Dichters war, oder als Kommentator für den Zuschauer.

Die griechische Tragödie wird durch den Chor in bestimmte Teile gegliedert. Das Spiel beginnt mit einem Prolog, bestehend aus einem Monolog oder Dialog, der den Zuschauer mit allem zum Verständnis Notwendigen bekannt macht. Danach erscheint der Chor zum erstenmal (Parodos), gefolgt von der ersten Episode, einem Dialog: Das zweite und weitere Auftreten des Chors (Stasimon) geschieht immer abwechselnd mit Episoden, etwa vier- bis fünfmal. Beendet wird das Drama vom Chor im Exodos.

Im neueren Drama hat der Chor nicht mehr diese Funktion. Wo er verwendet wurde, dient er meistens zur Akteinteilung, um Pausen zu füllen, oder er wurde auf Prolog und Epilog reduziert und bisweilen auch als rückschauender bzw. vorausdeutender Aktschluß eingesetzt. Schiller macht den Chor zum Stilprinzip:

„Die alte Tragödie, welche sich ursprünglich nur mit Göttern, Helden und Königen abgab, brauchte den Chor als eine notwendige Begleitung [...]. In der neuen Tragödie wird er zu einem Kunstorgan, er hilft, die Poesie *hervorbringen.* [...] Der Chor verläßt den engen Kreis der Handlung, um sich über Vergangenes und Künftiges, über ferne Zeiten und Völker, über das Menschliche überhaupt zu verbreiten, um die großen Resultate des Lebens zu ziehen und die Lehren der Weisheit auszusprechen. [...] Der Chor reinigt also das tragische Gedicht, indem er die Reflexion von der Handlung absondert [...]. Was das gemeine Urteil an dem Chor zu tadeln pflegt, daß er die Täuschung aufhebe, daß er die Gewalt der Affekte breche, das gereicht ihm zu seiner höchsten Empfehlung, denn eben diese blinde Gewalt der Affekte ist es, die der wahre Künstler vermeidet, diese Täuschung ist es, die er zu erregen verschmäht. Wenn die Schläge, womit die Tragödie unser Herz trifft, ohne Unterbrechung aufeinander folgten, so würde das Leiden über die Tätigkeit siegen. Wir würden uns mit dem Stoff vermengen und nicht mehr über demselben schweben. Dadurch, daß der Chor die Teile auseinander hält, und zwischen die Passionen mit seiner beruhigenden Betrachtung tritt, gibt er uns die Freiheit zurück, die im Sturm der Affekte verloren gehen würde." (Vorrede zu *Die Braut von Messina*)

Das, was Brecht ‚Verfremdungseffekt' nennt, ist bei Schiller schon vorgebildet. Aber zwischen Schiller und Brecht lag das 19. Jahrhundert und das realistische und naturalistische Drama, das mit seinem Bestreben, Illusion zu erzeugen, den unrealistischen Chor nicht gebrauchen konnte. Er kam erst mit den stilisierenden Tendenzen des Symbolismus und Expressionismus wieder auf.

Frisch nahm also, wie Brecht und Dürrenmatt vor ihm, mit dem Feuerwehrchor eine alte Tradition wieder auf. Die Funktion, die das penetrante „du" in der Prosaskizze hatte und in der Hörspielfassung der „Verfasser", wird hier von dem Chor übernommen. Er genügt Schillers Forderungen nach Reflexion, die nicht in die Handlung gehört, nach Aussage über „Menschliches überhaupt", über „Vergangenes und Künftiges", und nach Brechung der Affekte: Feuerwehrleute im Wohnzimmer, Biedermann auf dem Weg ins Büro anhaltend und ihn in eine heikle Konversation verwickeln.

Frisch hält sich mit dem Gebrauch des Chors an die grundsätzliche Einteilung des griechischen Dramas: Prolog, kurz, aber den Zuschauer mit dem Notwendigen bekannt machend, gefolgt von Parodos und abwechselnden Episoden- und Stasimonpaaren, die je eine Szene ausmachen. Im dritten Stasimon (Szene 3) greift der Chor in die Handlung ein; das fünfte Stasimon (Szene 5) wird zwar vom Hauptcharakter gesprochen, stellt aber trotzdem eine Wegwendung von der Handlung dar, eine Art Reflexion. Der Exodos beendet das Spiel mit den im griechischen Drama üblichen Betrachtungen über das Geschehene. Ebensowenig wie der griechische Chor verhindernd oder rettend eingreifen konnte, ist es den Feuerwehrleuten beschieden, das Unglück aufzuhalten.

Der Rhythmus der Chorstrophen imitiert den des antiken sophokleischen Chors und hebt sich deutlich von der Prosa der Personen ab. Frisch ahmt den berühmten *Antigone*-Chor, „Ungeheuer ist viel [. . .]" nach: „Feuergefährlich ist viel [. . .]". Die Sprache des Chors selbst ist nicht immer gehoben; durch Gebrauch von Wörtern wie „Unfug", „Blödsinn", „Hanebüchenes" sowie praktischen Feststellungen wie „Manchmal eine Pfeife stopfend zur Kurzweil", „Aufruf genügt" und „es stinkt nach Benzin" wandelt er den erhabenen Stil des antiken Chors zur Travestie um.

In den „Nachbemerkungen zu *Biedermann* und *Hotz*" sagt Frisch über den Chor:

„Der Chor ist nicht parodistisch gemeint, nur komisch. Der antike Chor, der die Stadt (und insofern den Zuschauer) vertritt und auf der Bühne wacht, beschwichtigt und warnt, ohne wirklich eingreifen zu können, wenn Kreon sich blindlings ins

Unheil begibt, hat mich immer an die brave Feuerwehr erinnert, die auch nichts machen kann, bevor's brennt, und dann ist es ja — in der Tragödie und heute — zu spät."

2. „Lehrstück ohne Lehre"?

In der Eintragung „Zum Theater" (1948) im *Tagebuch 1946—1949* kommt Frisch zu der Erkenntnis, daß das, was das Theatralische ausmache, das Menschliche sei: „Spielplatz ist immer die menschliche Seele." (S. 264)

Vierundzwanzig Jahre später stellt Peter Wapnewski fest, daß Frisch an diesem Grundsatz in seinen Werken festgehalten habe:

„Frage nach den Mitteln, die dieses Autors Wirkung ausmachen, seine große Wirkung. Er gründelt in des Menschen Innenraum, vermißt ihn, berechnet ihn, prüft ihn — und tut es mit dem erstaunlichen Ergebnis, eben mit jenem Resultat des Betroffenseins. Offenlegung des Versiegelten; Bewußtmachung jener Intelligenzmasse, die in uns ständig vor der unmittelbaren Einsicht in sich selbst verharrt (sie braucht den Anstoß, die Formel); Prozeß der Überführung der unartikulierten [...] Selbstverständnis-Mitgift in den bewußten Besitz. Ein Erhellungs- und Selbstentdeckungsvorgang also wird in Gang gesetzt — [...]." (Wapnewski, Tua res, in: Über Max Frisch II, S. 382)

„Wie kein anderer zeitgenössischer Schriftsteller hat er die Fähigkeit, das latent im Bewußtsein Vieler Dahinschlummernde zu aktualisieren, jenes ‚Hier-bist-du-gemeint'-Erlebnis zu erzeugen." (Ebd., S. 376)

John T. Brewer vertritt den Standpunkt, daß Frisch gerade aus dieser Menschenkenntnis heraus vor dem Dilemma stehe, einerseits die Mängel der Gesellschaft aufdecken zu müssen, indem er z. B. den Verfasser im Hörspiel sagen läßt: „Herr Biedermann in uns selbst", sich andererseits aber bewußt zu sein, daß er „ein halsstarriges und unbesorgtes Publikum" nicht erschüttern kann. In den verschiedenen Fassungen des *Biedermanns* sei ein sich steigernder Zynismus zu entdecken, der zeige, wie der Autor „die Aufnahmebereitschaft für Literatur bei seinem Publikum, das zum größten Teil aus dem ‚kultivierten' Bürgertum des Westens besteht, einschätzt". (John T. Brewer, Max Frischs *Biedermann und die Brandstifter* als Dokument der Enttäuschung eines Autors, in: Über Max Frisch, S. 281) Brewer schreibt die Tatsache, daß Frisch sein Stück innerhalb von zehn Jahren umgeschrieben und erweitert hat, gerade dem Vorsatz zu, die Entlarvung des Bürgers so zu verschärfen und so umfassend zu gestalten, daß sie auf alle Vertreter des Bürgertums zutrifft und nicht nur — wie aus der der „Burleske" im *Tagebuch* vorangehenden Eintragung über den Dünkel seiner Bekannten abgeleitet werden könnte — auf die *Schweizer* Landsleute. Frisch war sich darüber im klaren, daß ein Publikum jederzeit bereit ist, sich über die Verhöhung anderer Leute auf der Bühne zu amüsieren, ohne irgendeine Verbindung zwischen sich und den Vorgängen herzustellen, ohne auf den Gedanken zu kommen, die Parodie auf sich zu beziehen. Trotzdem hoffte er, die Wirkung des Stückes derartig zu verschärfen, daß es keinem entgehen konnte, daß mit Biedermann er selbst gemeint war. Allein der Zusatz der Jedermann-Episode in der Bühnenfassung sollte darauf hinweisen. Zugleich aber gestand Frisch mit dem Untertitel „Ein Lehrstück ohne Lehre" seine geringe Zuversicht ein, daß sein Publikum wirklich durch die Moral des Stückes aufgerüttelt werden könne, und machte sich gleichzeitig lustig über die vielen, die keine Belehrung für sich darin sehen.

Brewer illustriert die Verstärkung der Moral, indem er die Schlußszenen der drei Versionen vergleicht, worin Frisch vom „Warner" zum „Zyniker" wird. Das Hörspiel endet mit der Zerstörung Seldwylas. Schon das Weglassen des Kellerschen Stadtnamens in der Bühnenfassung erweitert die Anwendbarkeit auf breitere Kreise. Trotz der Bemerkung „Herr Biedermann in uns selbst" endet das Hörspiel mit „Wir sind am Ende unserer Sendung *Herr Biedermann und die Brandstifter,* eine unwahrscheinliche Geschichte", ein Ausspruch nur wenig milder als „Ein Lehrstück ohne Lehre", aber mit demselben ironischen Zweck; es ist eine sehr wahrscheinliche Geschichte, denn Frisch sieht die „zeitgenössische Mittelstands-Gesellschaft deutlich als eine sehr wahrscheinliche Brutstätte für Ereignisse, die den eben gerade beschriebenen ähnlich waren" (Brewer, a.a.O., S. 283).

Die Bühnenfassung ohne Nachspiel weist deutlich auf die Wiederholbarkeit der Ereignisse hin, die viele töteten, „ach, aber nicht alle" (Stücke 2, S. 156). Die Verbliebenen werden nicht daraus lernen, da sie den „Blödsinn" „Schicksal" nennen und nicht erkannt haben, daß sie die Ausbreitung des Bösen hätten verhindern können. Frisch illustriert hier die Unbelehrbarkeit des Menschen, denn die allegorischen Vorgänge auf der Bühne hatten sich ja in der Tat schon wiederholt: die Machthaber in der Tschechoslowakei hatten sich ebenso eingeschlichen wie die Nationalsozialisten in Deutschland.

Am stärksten im Ton ist das Nachspiel, in dem Frisch den wahren Grund für seinen Pessimismus in Szene setzt.

> „Wenn, wie der Hauptteil des Stückes zu verstehen gibt, geistige Werte nicht länger existieren, dann hat das seinen Grund darin, daß die Theologie ihren Einfluß auf die Psyche der ‚soliden' Mittelklasse verloren hat. Himmel und Hölle sind zu bedeutungslosen Begriffen geworden. Kein Wunder, daß Frisch zynisch wurde, denn er, der Schriftsteller, hatte kaum Grund zu hoffen, daß er die sittliche Verfassung der Mitglieder seines Publikums bessern könne, solange diese weiterhin beharrlich scheinheilig für geistige Werte eintraten, die zu einem relevanten Teil ihres Lebens zu machen sie doch gleichzeitig ablehnten." (Brewer, a.a.O., S. 284)

Es ist das Versagen des Menschen ohne Religion, aber nicht nur das, Frisch stellt bildlich auf die Bühne eine Eintragung aus dem *Tagebuch*: „Wer sich nicht mit Politik befaßt, hat die politische Parteinahme, die er sich sparen möchte, bereits vollzogen: er dient der herrschenden Partei." (Tagebuch 1946—1949, S. 329) Und er richtet sich damit gegen diejenigen, die Intelligenz nämlich, die es besser wissen sollten, aber aus der sonderbaren Vermutung, Politik sei etwas Unästhetisches, tatenlos zusehen.

Friedrich Luft läßt sich über die verschiedene Anwendbarkeit der Parabel *Biedermanns* aus:

„Man kann die Moral dieses Lehrstücks ohne Lehre auf die jüngste Vergangenheit anlegen. Man kann bedeuten: wir wußten ja, daß Hitler Krieg, Vorherrschaft, Brand und Ausrottung meinte. Er hat's ja deutlich genug gesagt. Trotzdem hat man's nicht recht geglaubt: Biedermannn als Mitläufer. Oder man kann (und soll wohl) an die Brandstifter denken, die mit dem neuen großen Feuer, mit der Teufelsbombe kokeln. Wir dulden es. Wir sehen es mit an und finden viele Gründe, es zu tun. Aber die Lunte ist gelegt. Wehe! Oder man kann an die demokratische Duldsamkeit denken, mit der extreme Brandstifter biedermännisch von uns ausgehalten werden, ganz rechts und ganz links. [...] Aus Gründen der öffentlichen Gemütlichkeit schieben wir die Regungen einer besseren Einsicht einfach weg: Ist ja alles nicht so schlimm ..." (Friedrich Luft, zitiert von Hellmut Karasek, „Biedermann und die Brandstifter", in: Über Max Frisch, S. 145 f.)

Frisch gab seinem Stück den Untertitel elf Jahre später, nachdem er sich im *Tagebuch* über seine Zweifel an der Belehrbarkeit des Menschen geäußert hatte:

„Als Stückeschreiber hielte ich meine Aufgabe durchaus für erfüllt, wenn es einem Stück jemals gelänge, eine Frage dermaßen zu stellen, daß die Zuschauer von dieser Stunde an ohne eine Antwort nicht mehr leben können — ohne ihre Antwort, ihre eigene, die sie nur mit dem Leben selbst geben können. [...] [Aber] jede menschliche Antwort, sobald sie über die persönliche Antwort hinausgeht und sich eine allgemeine Gültigkeit anmaßt, wird anfechtbar sein, das wissen wir, und die Befriedigung, die wir im Widerlegen fremder Antworten finden, besteht darin, daß wir darüber wenigstens die Frage vergessen, die uns belästigt — das würde heißen: wir wollen gar keine Antwort, sondern wir wollen die Frage vergessen.
Um nicht verantwortlich zu werden." (Tagebuch 1946—1949, S. 141)

Deshalb der Zusatz „Ein Lehrstück ohne Lehre".

3. „JEDERMANN! BIEDERMANN!"

Schmitz' Ausruf in der sechsten Szene hat vordergründig die Funktion der Aufforderung an Biedermann, daß er, der Hofmannsthals *Jedermann* in Salzburg gesehen hat, sich darauf besinnen solle, in welcher Situation er sich befindet; ferner soll der Zuschauer — nochmals — darauf hingewiesen werden, daß Biedermann stellvertretend für die gesamte Menschheit steht.

Herbert Knust hat dargelegt (in: Moderne Varianten des Jedermann-Spiels), daß darüber hinaus eindeutige Parallelen zwischen der Biedermann-Fabel und der mittelalterlichen Jedermann-Fabel bestehen. Einleitend unterscheidet Knust zwischen „Jedermann-Formel“, „Jedermann-Motiv“ und „Jedermann-Stoff“, die zusammen die Jedermann-Tradition ausmachen. Er versteht unter der Jedermann-Formel die allgemeine Aussage, daß jeder Mensch in eine Lage kommen kann, die für die gesamte Menschheit relevant oder typisch ist. Welcher Art diese Lage ist, ist dabei unwichtig. Im Jedermann-Motiv ist diese Lage konkret bestimmt durch das Zusammentreffen des Menschen mit dem Tod. Während dieser im mittelalterlichen Jedermann-Spiel selbst auf die Bühne trat und den Menschen aufforderte, sich für seine Sünden zu verantworten, ist es in den modernen Varianten das Todes*erlebnis,* das den Menschen zur Besinnung auf sich selbst bringen soll. Der Jedermann-Stoff bringt das Jedermann-Motiv in Zusammenhang mit der Drei-Freunde-Parabel: Bei Erscheinen des Todes wenden die Freunde sich von dem bei ihnen Hilfe suchenden Jedermann ab; auf sich selbst gestellt ist er fähig, durch „gute Werke“, „Tugend“ und „Glauben“ Stärkung zu finden. Knust untersucht *Biedermann und die Brandstifter* nach diesen Gesichtspunkten.

Die Jedermann-Formel erscheint schon in der *Tagebuch-Burleske,* in der Form des eindringlichen *du*; das heißt, Frisch spricht den Leser direkt an, den Menschen überhaupt, der dadurch in die Schuld einbezogen wird. In der Hörspielfassung kehrt die Formel in der Wendung „Biedermann in uns selbst“ wieder; sie wird im Drama mehrmals betont: „Jedermann weiß, daß wir da sind“ (Chorführer, S. 102), Schmitz' Schrei „Jedermann! Biedermann!“ und Biedermann selbst im Nachspiel:

> „Alle haben Streichhölzchen gegeben. Fast alle! Sonst wäre nicht die ganze Stadt niedergebrannt, ich hab's ja gesehen, wie das Feuer aus allen Dächern schlug. Auch bei Hofmanns! Auch bei Karl! Auch bei Professor Mohr! — ganz abgesehen davon, daß ich in Treu und Glauben gehandelt habe!“ (Stücke 2, S. 331)

Das Jedermann-Motiv der Konfrontation mit dem Tod und dessen Aufforderung an Biedermann, sich zu verantworten, ist nach Knust das Auftreten der Brandstifter, der eine als Todesbote, der andere als Teufel. Die Brandkatastrophe ist als Allegorie auf Krieg und Weltgericht zu betrachten oder als Höllenfeuer für einen Jedermann, der nicht imstande ist, sich zu rechtfertigen.

Parallelen zum Jedermann-Stoff findet Knust im Prolog, im Fall Knechtling, in den drei falschen Freunden Schmitz, Eisenring und dem Dr. phil., in der Bankettszene und in der zur Parodie verzerrten Errettungsszene im Nachspiel.

Wie im mittelalterlichen Jedermann-Spiel wird auch hier im Prolog ein für die Zeit typischer Mensch vorgestellt und vorwegnehmend sein besonderer Einzelfall als auf die ganze Menschheit zutreffend beschrieben. Auch die übliche Wahl zwischen Erlösung und Verdammnis wird gegeben: „Weltkatastrophen hätten nicht geschehen müssen; durch Vernunft — und Vernunft heißt hier, wie bei Hofmannsthal, ethische Besinnung — hätten städtevernichtender Unfug und nimmerzulöschender Blödsinn vermieden werden können." (Knust, a.a.O., S. 326) Das Entweder-Oder hier ist die Entscheidung zwischen lästiger Einkehr und bequemer Gleichgültigkeit. Frisch läßt die traditionsgemäße Zwiesprache zwischen Gott und Tod im Anschluß an den Prolog aus, denn Biedermann hat Gott und die Wahrheit verraten, so wenig wie er sich dessen bewußt ist. An Gottes Stelle tritt die besoldete Feuerwehr; Schmitz sagt es selbst: „Die meisten Leute heutzutage glauben nicht an Gott, sondern an die Feuerwehr." (Stücke 2, S. 96) Sie ist es, die ihn zur Rechenschaft zieht, und Gott bleibt machtlos und unsichtbar. Machtlos ist allerdings auch der Chor, er kann nur fragen, voraussehen und warnen, und Biedermann bleibt sich letzten Endes selbst überlassen, „seinem eigenen Gewissensgericht ausgeliefert" (Knust, a.a.O., S. 326). Hierin liegt ein wesentlicher Unterschied zwischen dem herkömmlichen Jedermann und Biedermann: Jedermann geht in sich und erfährt Läuterung und endlich Rettung mit Hilfe Gottes, während Biedermann sich seines schlechten Gewissens nicht bewußt ist und sich deshalb nicht ändern kann, weil er sich dauernd belügt, weil er eingefangen ist von „der Paradoxie zwischen Seinwollen und Sein, vom Mißverhältnis zwischen Wort und Tat [...]). Gottlieb Biedermann spricht viel von Gott, Menschlichkeit und gutem Willen, von Unschuld und vom Glauben an das Gute im Menschen [...], von Idealismus und von Brüderlichkeit — und dabei handelt er gottlos, unbieder, hartherzig, mißtrauisch, besessen von einem unheilbaren Besitz-, Klassen-Herrendünkel." (Knust, a.a.O., S. 327)

Biedermann ist in vieler Hinsicht schuldig, doch wird seine Schuld an einem Beispiel im besonderen illustriert, am Fall Knechtling. Knust weist auf die Ähnlichkeit Knechtlings mit dem Schuldknecht — schon der Name erinnert daran — in Hofmannsthals *Jedermann* hin, denn wie Knechtling fordert auch dieser seinen „Bruderteil" vom reichen Mann, und er bringt ihn, wie Knechtling den Biedermann, um seine Gemütsruhe. Dort zeigt die Frau des Schuldknechts auf Jedermanns eigenes Schuldbuch; hier verkörpert die schwarze Witwe Knechtling Biedermanns schlechtes Gewissen.

„Darin gleicht sie wiederum der schwarzgekleideten Frauensperson ‚Conscientia' im alten Spiel *Der Kauffmann oder das Gericht*. Wie dort der Kaufmann ‚Conscientia' aus dem schuldbeladenen Haus treibt und sie nicht anhören will, ‚Conscientia' aber mit vors Gottesgericht geht, so treibt der geschäftstüchtige Biedermann die Witwe Knechtling aus seinem Haus, in dem sich das Übel eingenistet hat; auch er will sie nicht zu Worte kommen lassen, doch als schwarzes, geknechtetes Gewissen begleitet sie ihn in die Hölle. Aus dieser Allegorie erklärt sich auch der scheinbar irrtümliche Kranzaustausch als treffende Pointe: die Rechnung — sprich Abrechnung — für Biedermanns Schuld geht auf Kosten seines schwarzen Gewissens." (Knust, a.a.O., S. 327)

Die Drei-Freunde-Parabel findet sich im Verhältnis Biedermanns zu den Brandstiftern. In seiner hoffnungslosen Lage versucht Biedermann verzweifelt, sie zu seinen Freunden zu machen und erhofft sich dadurch Verschonung. Aber ebenso wie die Freunde im Jedermann-Stoff sich abwenden, treffen die Anbiederungsversuche bei Schmitz und Eisenring auf taube Ohren, und der Akademiker, der „weltverbessernde Menschenfreund", distanziert sich in letzter Minute von allem.

„Nach Art der Moralität erwächst die wirkliche Gefahr aber gerade aus dem blinden Fraternisieren mit den unlauteren Mächten, die hier in der dreisten Bedrohlichkeit des Ringers, in der wendigen Servilität des Kellners, und in des Akademikers experimentierendem Spiel mit dem Feuer zutage treten. Daß es sich bei diesen drei allegorischen Freunden um Biedermanns eigene personifizierte Untugenden handelt, zeigt sich nacheinander in seinen herrischen Drohungen Knechtling gegenüber, in seiner sklavischen Dienstfertigkeit den Brandstiftern gegenüber, und endlich in seiner akademisch-dialektischen Distanznahme von aller Schuld." (Knust, a.a.O., S. 327—328)

Die drei lassen Biedermann in guter Jedermann-Tradition im Stich, aber da Biedermann im Unterschied zu Jedermann keinen Ersatz für sie hat (Jedermann findet ihn im Glauben), tauchen die diabolischen Gesellen beim Höllengericht wieder auf.

Der dramatische Höhepunkt ist auch hier die Bankettszene, auf die sich seit dem ersten Erscheinen der Brandstifter alles zugespitzt hat. Diese übernehmen nämlich nicht nur die Rolle der drei Freunde, sondern auch die des Todesboten, besonders Schmitz, der sich schon in der Frühstücksszene als solcher zu erkennen gegeben hatte mit seinem „Es kommt ja doch! — Gottesgericht" (Stücke 2, S. 98) und „Vergelt's Gott." (S. 100) Nun tritt er als Tod an die Tafel und bezeichnet Biedermann als Jedermann.

„Da Biedermann ein besonders hartnäckiger Fall ist, wird ihm seine Schuld geradezu vor Augen geführt: der verkappte Gewaltmensch Schmitz gibt sich als Geist des toten Knechtling aus und trifft aus dieser allegorisch-demonstrativen Doppelperspektive Biedermanns Gewissen ins Schwarze. Auch aus dem Lied ‚Fuchs, du hast die Gans gestohlen' spricht warnend tödliche Moral: der Fuchs ist Biedermann; die Gans ist sein auf Diebstahl (Knechtlings Erfindung) gegründeter strafbarer Besitz; und der Jäger, der den Fuchs mit dem Schießgewehr holen wird, weil er ja die Gans nicht wieder hergibt, ist der Tod, der schon so manchen Jedermann schoß." (Knust, a.a.O., S. 328)

Hier ist die Parallele einstweilen zu Ende. Der mittelalterliche Jedermann wird mit Gottes Hilfe und durch Glauben und gute Werke gerettet, denn das Spiel sollte schließlich eine fromme Lehre bieten. Eine Katastrophe dagegen beendet die Handlung des *Biedermann.*

Das später hinzugefügte letzte Gericht als Nachspiel ist „vom Gesichtspunkt der Moralitätenstruktur" (Knust, a.a.O., S. 329) wieder dem mittelalterlichen Stoff nachgebildet. Am Ende fand eine Belehrung statt, entweder durch die Nachrede eines Sittendoktors oder in einer dramatisierten Gerichtsszene zwischen Gott und dem Teufel. In dieser Szene mußte der Sünder seine Bekehrung beteuern und seine guten Werke aufzählen; der Teufel las dem göttlichen Gericht das Sündenregister vor. Dazu gehörte auch die Darlegung der Ansicht, daß reiche Leute den Himmel als ihren rechtmäßigen Besitz betrachteten. Die Parallelen, allerdings in Umkehrung, sind deutlich: Biedermann beteuert seine Unschuld und glaubt sich im Himmel: „Wo sonst?" (Stücke 2, S. 323); der Engel-Polizist liest die Sünden der Verdammten vor. „Selbst der katzbuckelnde Dr. phil. mit seiner bürokratischen Auslegung der zehn Gebote und die über die Ungerechtigkeit des Himmels entrüsteten anderen zwei Höllengesellen lassen sich hier als parodistische Adaptionen des traditionellen Sittendoktors und der geprellten Teufel erklären." (Knust, S. 329).

Der Glaube, der in den alten Jedermann-Spielen dem Sünder in den Himmel verhilft, ist auch Biedermanns Begleiter vor des Teufels Richterstuhl. „Nur jetzt nicht den Glauben verlieren", sagt er zu Babette, und die Witwe Knechtling verschwindet (Stücke 2, S. 344). Es ist der Glaube an Wiedergutmachung, an allgemeine Amnestie, an Erlösung, an einen Himmel, von dem er keine Vorstellung hat.

„Frischs Burleske ist ein Jedermann-Spiel mit negativen Vorzeichen, ein abgründiger *Anti-Jedermann,* ein parodistischer Gegenentwurf zur alten Moralität und somit, wie sein Verfasser es nannte, ein ‚Lehrstück ohne Lehre'." (Knust, a.a.O., S. 330)

4. Sozialkritik: Brecht — Frisch

In einem Gespräch mit Horst Bienek im Sommer 1961 antwortet Frisch auf die Frage, warum es so wenige jüngere deutsche Bühnenschriftsteller gebe:

„Das Theater, im Gegensatz zur Lyrik, bezieht sich immer auf eine Gesellschaft. Schon äußerlich. Es braucht keineswegs eine bejahte Gesellschaft zu sein, aber eine, die sich stellt. In der Schweiz zum Beispiel ist es nach wie vor das Bürgertum. Welche Gesellschaft soll ein deutscher Stückeschreiber sich zum Partner nehmen, nachdem die bürgerliche Gesellschaft, die Brecht mit der Dreigroschenoper noch benutzen konnte, im Nationalsozialismus sich selbst begraben hat, ohne daß eine andere Gesellschaft — und wäre es nur als Entwurf — daraus hervorgegangen ist? Der Stückeschreiber, um sich entzünden zu können, muß wissen, wer im Parkett sitzt, [...] noch die Stückeschreiber der deutschen Zwanzigerjahre haben es gewußt. [...] Wer ist Kreon in Deutschland oder Aegisthos? Einer kann hierzu seine Meinung haben, aber wo sieht das Volk heute seinen Kreon, das Volk im Parkett? Das Theater [...] ist eine politische Anstalt. [...] Das Theater ist Auseinandersetzung mit einer Gesellschaft, die ihr Bekenntnis lebt oder korrumpiert [...]." (Zitat in: Horst Bienek, Werkstattgespräche mit Schriftstellern, S. 35)

Auf diesen Äußerungen Frischs baut Manfred Jurgensen (in: Max Frisch: Die Dramen) seine These auf, daß *Biedermann und die Brandstifter* ein Ausdruck von Gesellschaftskritik im Brechtschen Sinne sei.

„Tatsächlich kann der ungeheure Einfluß Brechts auf *Biedermann und die Brandstifter* nicht geleugnet werden. 1948 zeichnet sich im Schaffensgang Max Frischs als ein Jahr des engen geistigen und persönlichen Kontaktes mit dem deutschen Dramatiker aus. Man verfolge nur einmal die Themen seiner Aufzeichnungen im *Tagebuch* zu jener Zeit: selbst dort, wo nicht über Brecht persönlich die Rede ist, bewegen sich Frischs Gedanken um Probleme, die direkt oder indirekt den Auseinandersetzungen mit dem Freunde entsprungen scheinen. So diskutiert er über Epik und Dramatik, Amoralität und Sittlichkeit, das Theatralische im Widerspiel von Wahrnehmung und Imagination, das Verhältnis des Dramatikers zur Fabel, das Wesen und die Aufgabe des Schauspielers und schließlich die politische Verantwortung des Künstlers. [...] ‚Am besten klappt unser Umgang, wenn das Gespräch [...] um Fragen des Theaters kreist, der Regie, der Schauspielerei, Fragen auch des schauspielerischen Handwerks, die, nüchtern behandelt, unweigerlich zum Wesentlichen führen.' " (Jurgensen, a.a.O., S. 74—75)

Der Einfluß Brechts zeigt sich zunächst darin, daß sich das Stück gerade an eine Gesellschaft richtet, die sich nicht stellt, an „die Anonymität einer mehr oder minder chaotischen Masse, die das Wagnis des offenen Bekenntnisses scheut", denn „selbstzerstörerische Kräfte wirken seit langem in dieser Gesellschaft, ‚Unfug [...] / Tilgend das sterbliche Bürgergeschlecht', wie der Chorführer eingangs hervorhebt." (Jurgensen, a.a.O., S. 66) Die Aussagen des Chors sind darauf angelegt zu zeigen, daß der Untergang des Bürgertums in diesem Drama eine wichtige Rolle spielt und die Frage „Bürger — wohin?" (Stücke 2, S. 125) die zentrale Frage des Stückes ist. Darauf folgt unmittelbar der Hinweis auf das lethargische Bürgertum in bezug auf die Notwendigkeit einer Umwälzung, sei sie sozialer oder politischer Art: „Der die Verwandlung scheut / Mehr als das Unheil, / Was kann er tun / Wider das Unheil?" (Stücke 2, S. 125)

Der Charakter Biedermanns ist vorgebildet, er entwickelt sich nicht mit den Geschehnissen, sondern kommt in ihnen zum Vorschein. Es ist also offensichtlich, daß Frisch den Menschen nicht vom psychologischen, sondern vom gesellschaftspolitischen Standpunkt aus betrachtet. Daß der Zuschauer sich mit Biedermann identifiziert, ist nicht zu erwarten, vielleicht aber ist zu hoffen, daß er in einer Weise provoziert wird, die ihn aus seiner illusionären Selbstgefälligkeit reißt und ihn wenigstens zu einer sozial-humanistischen Haltung bringt.

Arbeits- und Obdachlosigkeit, obgleich nur Vorwand, verbinden sich gleich zu Anfang mit Biedermanns geheucheltem „noblesse oblige" und seiner Leutseligkeit, hinter der er seine Angst vor dem Kraftmenschen Schmitz zu verbergen sucht. Das Verhältnis Arbeitgeber / Arbeitnehmer findet in der Knechtling-Episode seinen Ausdruck. Der reiche Arbeitgeber glaubt, rechtmäßig zu handeln, indem er einem armen Angestellten mit einer kranken Frau und drei Kindern einfach kündigt und ihm obendrein den Vorschlag macht, sich unter den Gasherd zu legen. Ein unausgesprochenes Verständnis besteht zwischen Biedermann und dem Polizisten, der ihm die Nachricht von Knechtlings Selbstmord bringt: „[...] wenn wir unter vier Augen — [...]. Geht ja die Angestellten nichts an!" (Stücke 2, S. 118) Obwohl Biedermann den Brandstiftern gegenüber das Gegenteil beteuert, gelingt es ihm nicht, sein eingefleischtes Klassendenken zu verhehlen. Eisenring meint nebenbei, daß Schmitz von der Polizei „geschnappt" worden sei. „Geschnappt?" sagt Biedermann. „Wenn Sie so reden, wissen Sie, Herr Eisenring, Sie kommen für mich wie aus einer anderen Welt! Geschnappt! [...] In unseren Kreisen, wissen Sie, wird selten jemand geschnappt —." Darauf Eisenring: „Weil man in Ihren Kreisen keine Holzwolle stiehlt, das ist klar, Herr Biedermann, das ist der Klassenunterschied." Dieses Gespräch unterstreicht deutlich den sozialkritischen Gehalt des Stückes. Und noch deutlicher lügt Biedermann: „Ich glaube nicht an Klassenunterschiede! — [...] Ich bedaure es aufrichtig, daß man gerade in den unteren Klassen immer noch von Klassenunterschied schwatzt. Sind wir denn heutzutage nicht alle, ob arm oder reich, Geschöpfe eines gleichen Schöpfers? [...]" (Stücke 2, S. 129) „Heutzutage" — als ob es eine moderne Erfindung sei, und Biedermann fährt fort, von „Armen" und „Reichen" zu sprechen. Ironischerweise kommt Biedermanns Überheblichkeit gerade da am besten zum Ausdruck, wo er am verzweifeltsten versucht, den „Klassenunterschied" zu verwischen, in seinem „schlichten" „Abendmahl". Entgegen seinen Vorurteilen über Leute „aus einer anderen Welt" müssen die eleganten Geräte wieder hergeschafft werden. Seine Stärke liegt allein in seinem Dünkel; sobald er den verliert, steht er, vor Angst schlotternd und aller Würde bar, nackt vor uns.

Frisch geht über die Kritik am bürgerlichen Privatleben hinaus; durch Eisenring bringt er z. B. den kapitalistischen Wohlstand in Verbindung mit Krieg. „Alles was mit Krieg zu tun hat, ist furchtbar teuer, immer nur erste Qualität", sagt Eisenring (Stücke 2, S. 131). Und an einer Stelle stellt er deutlich einen Zusammenhang mit dem Nationalsozialismus her, wenn Babette zum Publikum sagt: „Ich weißt nicht, meine Damen, ob Gottlieb immer recht hat. Das hat er nämlich schon einmal gesagt: Natürlich sind's Halunken, aber wenn ich sie zu meinen Feinden mache, Babette, dann ist unser Haarwasser hin! Und kaum war er in der Partei — Immer das Gleiche!" (Stücke 2, St. 135) Was hat „kaum" zu bedeuten? Frisch gibt zu verstehen, daß der Nachkriegsbürger seine Beteiligung an der Verantwortung leugnet, sich der Erinnerung an den Nationalsozialismus aber nicht ganz entziehen kann. Der irrtümlich an Biedermann geschickte Kranz ist, nach Jurgensen, das deutlichste Symbol für das „Begräbnis des Bürgertums"

(Jurgensen, a.a.O., S. 66). Bezeichnenderweise ist diese Situation nicht einmal peinlich für Biedermann; er fühlt sich ebenso wenig davon betroffen wie von Schmitz' Ausruf: „BIEDERMANN! JEDERMANN!" Auch die Intelligenz entgeht nicht Frischs Kritik. Der Dr. phil. ist eine Erscheinung, die in Abwandlungen in den meisten Werken Frischs vorkommt. Hier teilt er die Schuld Biedermanns und der Brandstifter zugleich, indem er mitgemacht und geschwiegen hat, bis es zu spät ist. Trotzdem wähnt er sich im Glauben, das Seine getan zu haben, und als Vertreter einer Gesellschaft, die für ihre Handlungen nicht einsteht, nimmt er Abstand von den Konsequenzen.

Eine andere Einwirkung Brechts auf Frischs *Biedermann* ist nach Jurgensen in der Anwendung des Prinzips des epischen Theaters zu erkennen. Erstens sei das Stück eine „historische Parabel" im Sinne Brechts, was bedeutet, daß die „Vorführung des Falles zugleich den Charakter einer Wiederholung hat". Es wird hier also nicht die Geschichte Gottlieb Biedermanns dargestellt, sondern die aller „Biedermänner" der Welt, die, ihrer Mängel nicht bewußt, immer wieder die gleichen Sünden begehen werden. Zweitens wende Frisch den Brechtschen Verfremdungseffekt an. Es handelt sich dabei um das Bestreben des Autors, den Zuschauer nicht derartig in die Handlung oder die Charaktere zu verwickeln, daß er außerstande ist, zu urteilen oder Kritik zu üben, sondern ihn mit theatralischen Mitteln — Überspielen der Rampe, Sprechchören usw. — aus der Illusion zu reißen und zum Nachdenken zu zwingen. Der Schauspieler selbst muß Distanz zu seiner Rolle haben und muß sie gewissermaßen von außen beurteilen können, Jurgensen illustriert anhand einiger Sätze aus Brechts *Schriften zum Theater*, daß Frisch die gleichen Intensionen hatte wie Brecht in seiner Theorie des epischen Theaters:

„Statt ‚aus den Charakteren die Handlungen zu begründen' und ‚die Handlungen dadurch der Kritik zu entziehen', leitet das epische Theater ‚seine Charaktere ganz und gar aus ihren Handlungen ab'. ‚Den Demonstranten (d. h. den Schauspieler) interessieren seine (d. h. Biedermanns) unfallerzeugenden und unfallverhindernden Eigenschaften.' (96) ‚Der Schauspieler muß Demonstrant bleiben; er trägt ständig zwei Situationen Rechnung.' (98—99) ‚Der Zweck des (Verfremdungs-) Effektes ist, dem Zuschauer eine fruchtbare Kritik vom gesellschaftlichen Standpunkt zu ermöglichen.' (99) ‚Der Straßendemonstrant (d. h. der Schauspieler) unterbricht so oft ihm möglich erscheint, seine Imitation mit Erklärungen. Die Chöre [...] des epischen Theaters, das Sich-direkt-an-die-Zuschauer-Wenden seiner Schauspieler sind grundsätzlich nichts anderes.' (100) ‚Zweck der Vorführung ist es, die Begutachtung des Vorfalls zu erleichtern.' (105)" (Jurgensen, a.a.O., S. 74)

Unterbrechung der Handlung durch die handelnden Personen — hier durch Biedermann, der das Publikum um Rat fragt und sich zu rechtfertigen sucht, durch Babette, die ihre Zweifel über Gottlieb dem Publikum mitteilt, und vor allem durch den reflektierenden und warnenden Chor — sind typisch Brechtsche Mittel zur Erreichung des Verfremdungseffektes. Karl Senn überschrieb seine Rezension über das Stück mit dem Titel „Brecht ohne Kommunismus“ (Berner Tagblatt, 22. 2. 1959).

Jurgensen beeilt sich aber hinzuzusetzen, daß es „irreführend und ungerecht“ wäre, „im *Biedermann* nurmehr eine formelhafte Abhängigkeit zu sehen. Denn trotz solcher Einwirkungen erweist es sich doch allezeit als das unverkennbare Werk Max Frischs. Die Originalität der Darstellung offenbart sich am deutlichsten in der ihr anheimgegebenen Komik.“ (Jurgensen, a.a.O., S. 75) Trotzdem schließt Frisch sich dem Standpunkt Dürrenmatts, „Wir können das Tragische aus der Komödie heraus erzielen“, nicht an. Er schreibt nicht tragische Komödien, sondern Stücke, die trotz komisch wirkender Elemente die vom Menschen selbst herbeigeführte Absurdität des modernen Lebens darstellen, die den Menschen als dafür verantwortlich ansehen und ihn seiner Gleichgültigkeit wegen anklagen. Individuelle und kollektive Verantwortung ließen sich in Frischs Stücken nicht voneinander trennen, sagt Jurgensen, und besonders in *Biedermann* wird seine Sozialkritik deutlich, die das „verhängnisvolle Erbe eines zerfallenen Bürgertums“ illustriert. Die gesellschaftliche Ordnung selbst und die sozialpolitische Haltung des Bürgertums wird hier als verbrecherisch dargestellt, und in diesem Vorwurf liegt wieder ein deutlicher Einfluß Brechts. (Jurgensen, a.a.O., S. 66—79)

5. Die Problematik des Nachspiels

Bei der Uraufführung des *Biedermann* in Zürich folgte dem nicht abendfüllenden Stück der Einakter *Die große Wut des Philipp Hotz.* Anfangs wurde eine Ähnlichkeit in der Thematik der beiden Stücke gesucht und gefunden: *Der Spiegel* schrieb zur Uraufführung: „Gemeinsame Pointe der Einakter ist die Vorführung, wie sich zwei Zeitgenossen, [. . .] aus Angst sich zu blamieren, falsch verhalten.“ (Siehe „Feuerwehrchor“, S. 90) Aber schon bald wurde die Zusammenlegung von *Biedermann* und *Hotz* von Kritikern und Publikum als störend empfunden, denn „ein thematischer Zusammenhang zwischen dem zu politischer Gegenwehr und Aktivität unfähigen Biedermann und dem Dr. phil. Hotz, der seine Eheprobleme nicht zu lösen vermag, weil seinen theoretischen Vorsätzen der praktische Durchsetzungswille nicht standhält, ist nicht auszumachen.“ (Klaus Matthias, Die Dramen von Max Frisch, in: Über Max Frisch II, S. 105) Für die Erstaufführung in Deutschland (Frankfurt/M.) hat Frisch das verlängernde *Nachspiel* geschrieben. Es beugte gleichzeitig dem Mißverständnis vor, daß *Biedermann* etwa als „Propagandastück gegen den Totalitarismus“ (Stäuble, a.a.O., S. 121) gemeint sei.

Daß das Nachspiel von Anfang an ein Problem war, geht aus der diesbezüglichen Korrespondenz zwischen Peter Suhrkamp und Frisch hervor, die Richard E. Ziegfeld zitiert (in: The Writer and His Publisher: Max Frisch's Relationship with Peter Suhrkamp). Suhrkamp schreibt am 17. April 1958:

„Im ersten Moment habe ich mich über die Möglichkeit sehr gefreut. Nachdem ich nun einen Tag mit dem Gedanken umgegangen bin, halte ich es doch für richtig, daß wir den Theatern über diese Möglichkeit noch nichts mitteilen. Ich bin etwas unsicher geworden, ob eine Fortsetzung des *Biedermann* richtig ist. So wie es ist, ist das Stück so rund und geschlossen, daß eine Gefahr besteht, es wird durch ein Nachspiel abgeschwächt. Ich kann damit völlig unrecht bekommen. Es wird alles davon abhängen, wie Ihnen die Ausführung glückt."

Dann folgt ein Brief von Suhrkamp an Frisch vom 12. Juni 1958:

„[...] Zu meiner größten Überraschung wurde mir dann gestern das Nachspiel zum *Biedermann* gebracht. [...] Zu Anfang hatte ich sehr viel Spaß daran. Der ewig schreiende Papagei, das fortgesetzte Klingeln an einer Haustür und dann Biedermann, der immer wieder betont, wir müssen jetzt unbedingt glauben, den Glauben behalten. Das gibt eine quälende Vorstellung von der bürgerlichen Höllenwelt! Mit dem Auftauchen der übrigen Figuren: des Dr. phil. als Meerkatze, des Eisenring als Herr der Unterwelt und des Schmitz als Beelzebub ließ die innere Beteiligung auffällig nach. Dann die langen Zitate aus der Apokalypse, sie scheinen mir — ja, soll ich nun sagen: mit Absicht literarisch oder als große ‚Theaterei'? Die rostigen Fahrräder stellten meinen Spaß wieder her. Die Kriegsverbrecher und ihre Behandlung und generell die Anspielungen auf die hochbürgerliche Gegenwart sind für mich ein Rückfall innerhalb Ihres dramatischen Schaffens ins Leitartiklerische (wenn ich es einmal ganz hart ausdrücken darf!), das im *Biedermann* selbst völlig überwunden ist.

Insgesamt war also mein Eindruck, daß dieses Nachspiel ein ‚Schwänzchen' am runden, geglückten *Biedermann* ist, aber ein lustiges, satirisches. Ich meine, daß es die Wirkung vom *Biedermann* abschwächt. Der *Biedermann* ist zeit-aktuell, und das aus der ständigen Aktualität in der ganzen Anlage heraus. Da ist nichts direkt angesprochen und wird doch zu jeder Zeit das getroffen, auf was es zielt, meist weit über ein konkretes Ereignis hinaus. Die Aktualität ist im Grundeinfall gegeben und wird wirksam im knappen Ausdruck, der stets im Rahmen der Bühnenszene bleibt. Es wird nichts angesprochen, was nicht im Bühnengeschehen da ist, jedes Wort steht in der Szene. Der runde Kosmos als Ganzes trifft genau. Und dann überall die glänzenden, sitzenden Formulierungen. Das Nachspiel wird angehängt, wie hinterher konstruiert. Da ist kein tragender Einfall. Und das wäre notwendig gewesen. [...] Das Mißgeschick liegt wahrscheinlich im Wiederaufnehmen der alten Figuren als Symbole, die im *Biedermann* von prall sinnlicher Wirkung waren. Das kommt für mich geradezu symbolisch in der Wiederaufnahme des Chors, ganz gegen Ende, deutlich heraus. Ich bin also dafür, lieber Freund, daß wir dieses Nachspiel zunächst noch völlig für uns behalten, es vorläufig noch niemandem zeigen. Hoffentlich haben Sie es noch nicht irgendwohin geschickt."

So sehr Frisch sich ein Einverständnis mit seinem Verleger wünschte (so Ziegfeld), glaubte er, sich in diesem Fall nicht zu irren, und das Nachspiel wurde in Frankfurt mit großem Erfolg aufgeführt. Als es dann aber doch nachteilige Kritiken bekam, wurde es den einzelnen Theatern überlassen, es zu geben oder wegzulassen. Erst im Februar 1961 hat Frisch selbst die Streichung des Nachspiels angeordnet.

Von manchen Literaturkritikern wird das bedauert. Marianne Kesting hält das Nachspiel für „unerläßlich zum Verständnis" des *Biedermann.* (Kesting, a.a.O., S. 265) Nach Klaus Matthias wird im Nachspiel besonders „eine Kreisbewegung [...] deutlich, die [...] Gleichnischarakter für das Lebensganze beansprucht." (Matthias, a.a.O., S. 83) Und für Ellen-Maria Jäger bedeutet das Nachspiel eine Erläuterung, die „über die Aussage der ursprünglichen Fabel hinausgeht, sie im Hinblick auf gegenwärtige politische Entwicklungstendenzen (besonders in Westdeutschland) noch aktueller werden läßt". (Theater der Zeit, Nr. 16, 1961)

Andere, so Manfred Durzak, sehen es als „ärgerliche kabarettistische Variante des Themas. [...] Frisch hat hier lediglich den Wünschen von Theaterregisseuren nach einem abendfüllenden Stück Rechnung tragen wollen, aber im Grunde damit die Wirkung seines Stückes abgeschwächt." (Durzak, a.a.O., S. 219) Und Hellmuth Karasek meint:

„Der *Biedermann* ist ein Stück der zu Ende gedachten Ausflüchte, die in eine allgemeine Katastrophe münden. Das Stück hat, wenn man so will, nur einen ‚Fehler': es ist allein nicht abendfüllend, auf der anderen Seite so konsequent zu Ende gedacht, daß es das Nachspiel, das Frisch angehängt hat, nicht mehr benötigt, nicht mehr trägt. Was wie eine verschärfende Bestätigung der Unbelehrbarkeit des traurigen Helden wirken soll, wird zur verharmlosenden, weil keineswegs zwanghaften Fortsetzung. So witzig der Einfall sein mag, daß Biedermann sich auch nach seinem schmählichen Ende nichts anderes vorstellen kann, als im Himmel zu sein — und hier nur nach Wiedergutmachung, nach seinem Recht verlangt —, so sehr wird das Stück im Nachspiel zum bloßen politischen Kabarett, wenn in der Hölle Teufel und Beelzebub mit Streik drohen, weil die uniformierten Verbrecher vom Himmel amnestiert wurden. Frischs berechtigter gallischer Spott über die Entnazifizierung und Rehabilitierung der am Krieg beteiligten Militärs hat hier kein Stück mehr hervorgebracht, sondern einen (gewiß sehr scharfen und witzigen) Kabarettkommentar zu diesem zeitgeschichtlichen Thema. So droht dem Lehrstück im Nachspiel die Gefahr, daß es sich zur bloßen Kabarettpointe verengt." (Karasek, a.a.O., S. 146)

Weniger hart urteilt Georg Hensel. Er hält das Nachspiel für eine Verdeutlichung, nicht aber Verstärkung der Lehre. (Theater der Zeitgenossen, S. 130)

*

Auf die Anlehnung des Nachspiels an Goethes *Faust* hat John T. Brewer aufmerksam gemacht:

„Frisch spielt auf den Faust im Nachspiel zu *Biedermann und die Brandstifter* mehrfach an. Die ‚Meerkatze' erinnert an die zwei Meerkatzen in der Szene ‚Hexenküche'. Das ‚Nachspiel in der Hölle' ist eine Umkehrung von Goethes ‚Prolog im Himmel'. Man könnte sogar die Figur des Biedermann als einen Anti-Faust interpretieren." (Brewer, a.a.O., S. 289)

Letzteres läßt sich dadurch beweisen, daß Frisch eine Umkehrung des Menschenbildes vorgenommen hat: Während Faust im vollen Bewußtsein, daß er verdammt würde, sobald er ruhe, mit dem Teufel paktierte — „Werd' ich beruhigt je mich auf ein Faulbett legen, / so sei es gleich um mich getan!" (1962—93) —, geht Biedermann ahnungslos einen Pakt mit Teufeln ein, um sich Ruhe und Frieden zu erhalten. Brewer findet jedoch die

„umfangreichste Anspielung auf den *Faust* in der wirkungsvollen Parodie des Ausganges der Gretchen-Tragödie. [...] : ‚Mephistopheles: Sie ist gerichtet! / Stimme (von oben): Ist gerettet!' 4611—14 [...]. ‚Beelzebub: — gerettet?! / (Man hört das Echo von oben.) / Echo: Gerettet.' (339)

Frischs respektlose Behandlung dieser sehr bekannten Stelle braucht man nicht als ein Zeichen der Respektlosigkeit gegenüber Goethes Meisterwerk zu nehmen. Ganz im Gegenteil, Frisch verspottet das moderne theaterbesuchende und lesende Publikum wegen seines Hanges, die in den literarischen Texten formulierten harten Wahrheiten zu übersehen und das, was es liest, zu verdrehen und zu versüßen, um es dem eigenen Wunsch nach Bequemlichkeit und Zerstreuung gefügig zu machen." (Brewer, a.a.O., S. 289 f.)

V. „Biedermann und die Brandstifter" auf der Bühne: Kritik und Wirkung

1. Vorbemerkung

Biedermann und die Brandstifter wurde am 29. März 1958 im Zürcher Schauspielhaus unter Oskar Wälterlin uraufgeführt, zusammen mit Frischs Einakter *Die große Wut des Philipp Hotz*. Zunächst suchte die Kritik nach etwas, was die beiden Stücke miteinander verband und fand es: Erstens verhielten sich zwei Zeitgenossen falsch, aus Angst, sich zu blamieren, und zweitens, durch den Feuerwehrchor auf den Gedanken gebracht, Frisch lehne sich an die Tradition der griechischen Tragödie an, sah man im *Hotz* ein Satyrspiel. Der *Biedermann* wurde durchaus als eine Parabel auf die nationalsozialistische Zeit aufgefaßt und auch, mehr auf die Gegenwart bezogen, auf die Einstellung vieler Zeitgenossen zum Wettrüsten der Großmächte. Die Zusammenfassung mehrerer Kritiken im *Spiegel* (Nr. 16, 12. Jahrgang, 16. 4. 1958) ist sehr positiv: die Bühne sei ein wirksames Forum für Frisch, *Biedermann* sei im höchsten Grade bühnenwirksam, dieses Werk überzeuge mehr als andere von Frisch. Aber schon hier macht sich in Anfängen bemerkbar, was in den Besprechungen folgender Aufführungen beanstandet wird: Die Schweizer *Weltwoche* nannte *Biedermann* ein „Theater als moralische Anstalt mit fast unmoralisch amüsanten Mitteln" (Spiegel, Nr. 16). In späteren Kritiken kommt immer wieder zum Ausdruck, daß im Publikum die Tendenz herrsche, sich köstlich zu amüsieren, d. h. die Geschehnisse auf der Bühne nicht auf sich zu beziehen. Das *Nachspiel* ruft aus diesem Grund sogar recht negative Kritik hervor. Es wird generell — mit Ausnahme der DDR-Aufführung — bemängelt. Andere Kritiker scheint es zu stören, daß der Einfluß von Brecht deutlich spürbar ist, das Werk jedoch nicht an Brecht heranreiche. Oder der Inszenierung wird mangelnde Einsicht in die Intentionen des Autors vorgeworfen. Die im folgenden abgedruckten Rezensionen wurden nach dem Gesichtspunkt der Vielseitigkeit der Auffassungen sowie der Aufführungsorte und -daten ausgewählt.

2. Dokumentation

URAUFFÜHRUNG (ZÜRICH, MÄRZ 1958)

Max Frisch und die Brandstifter (Erich Pfeiffer-Belli)

Wenn das literarische Gebirg der Schweiz in die Wochen kommt, tritt, entsprechend dem römischen Sprichwort von den kreißenden Bergen, die eine Maus gebären, ein frischer Dürrenmatt oder ein Max Frisch ans Rampenlicht. Sie sind die beiden ungekrönten un- und antibürgerlichen Autoren des bürgerlichen Landes. Man ist stolz auf sie, lautstark kündet man ihren Ruhm, und das färbt längst schon auf die große Schwester im Norden ab.

Max Frisch ist eine problematische Natur, ein Seelenbohrer mit Harlekin-Einschlag. Er hat es schwer mit sich, das macht ihn sympathisch. Auch daß er von einer aggressiven, nicht immer logischen Intelligenz ist, bestreitet niemand. Frischs Beziehung zur darstellenden epischen Prosa ist ungebrochener, unreflektierter als die zur Bühnendichtung. Bei dieser spielt ihm seine nur halb glückliche Liebe stets ihre Streiche, irgendwann bleibt er meist auf der Strecke. Sein Theater ist am Schreibtisch ersonnen, ersponnen, errungen. Sein Ideal heißt Bert Brecht. Der Durchbruch ins Große, ins Dichterisch-Großgeartete gelang bisher nur dem Augsburger; bei Frisch bleibt es bei bemerkenswerten Ansätzen, geschickten witzigen dramaturgischen Manipulationen und einer skurillen Freude an theatralischen Donnerschlägen. Die Entstehungsgeschichte [...]: Drei Pfannkuchen aus einem Frisch-Ei. Gewiß, vieles ist belustigend, auch erschreckend manchmal, zeigt burleskes Talent: Etwa die Art, wie die beiden Brandstifter sich unabweisbar in Biedermanns Haus festsetzen, oder der Einfall mit dem Chor der Feuerwehrleute, die zwar warnen, aber nicht verhüten können. Das Ganze aber, diese dialogisierte Moralität, bürgerlich-antibürgerlich und von Bürgern beklatscht, gehört eher in die „Kleine Freiheit", kaum jedoch auf eine große Bühne mit literarischem Herkommen und ebensolchen Ambitionen.
(Süddeutsche Zeitung, 1. April 1958)

ERSTAUFFÜHRUNG IN DER BUNDESREPUBLIK DEUTSCHLAND (STÄDTISCHE BÜHNEN, FRANKFURT/MAIN, SEPTEMBER 1958)

Herr Biedermann liefert sich aus (Karl Korn)

[...] Zur Frankfurter Buchmesse hatte sich in diesem Jahre das Theater angestrengt. Es servierte uns Frischs *Biedermann und die Brandstifter* samt dem noch nie gespielten Nachpiel in der Hölle. Eine Aufführung ohne das Nachspiel ist in diesem Frühjahr in Zürich vorangegangen. Die Frankfurter Aufführung bestätigte die Meinung, die wir von der Tragweite der Frischschen Kritik hatten. Typisch ist der Untertitel: Lehrstück ohne Lehre. Das heißt konkret: Brecht ohne Kommunismus. Was kann das sein?

Frisch führt uns die satirische Komödie vor, wie Herr Biedermann — ein Name, den man im Umsiedlerdeutschland nicht mehr zur Metapher werden lassen kann — [...] selbst den beiden Schurken die Zündhölzer gibt.

Diese Fabel ist mit hinreißender Komödienbrillanz aufgebaut und formuliert. Sie ist molièrisch, weil ihr moralischer Gehalt für den Menschen schlechthin gilt. Sie geht über Brecht hinaus. Das Bündnis des Lammes mit dem Wolf, die entsetzliche Lähmung des Feigen, der den Augenblick des Entschlusses verpaßt und seinen Mörder umschmeichelt — dies ist ein echter moralistischer Komödienkern.

Nun ist die reine Typenkomödie nicht ohne Grund in den modernen Zeiten immer schwächer geworden. Molière wußte noch nichts vom gesellschaftlichen Prozeß. Herr war Herr und Diener Diener, und der Tartüff war der Heuchler und der Geizhals eine Spezie Mensch. Frisch schreibt einen Biedermann. Das ist in der urkonservativen

Schweiz noch möglich. Um das Exemplarische des menschlichen Konflikts zu verstärken, hat sich Frisch eines Kunstmittels bedient. Er travestiert den antiken Chor. Der Chor der Feuerwehrmänner ist komisch und tragisch zugleich. In den getragenen Rhythmen des antiken Chors kommentieren sie den Gang der Ereignisse, das heißt Biedermanns Gang ins Netz der beiden Gauner, chorisch.

Doch leider ist die Komödie im Ton nicht rein geblieben. Frisch ambitioniert nach Brecht hin. Das muß Frisch mißlingen, weil er zu den Konsequenzen Brechts nicht bereit ist. Da erscheint am Rande ein Doktor phil., schäbig mit Baskenmütze. Dieser Doktor phil. ist der Intellektuelle schlechthin, der natürlich heimatlos links ist und die Brandstifter ideologisch unterstützt, sich dann, natürlich im letzten Moment, da das Haus schon brennt, distanziert und salviert. Manchem sogenannten Bürger mag's ein Trost sein, daß ein Intellektueller namens Frisch solchermaßen seinesgleichen kollektiv verleumdet. Niemand wird bestreiten, daß es die Tragödien der intellektuellen Urheberschaft und der Distanzierung massenweise gibt. Wie aber, wenn nun grobschlächtige Vereinfacher die Konsequenz zögen und unter anderen auch Herrn Max Frisch zu den ‚Entarteten' schlügen? Wie, wenn, was wohl mehr an der allgemeinen Weltlage liegt als an Frischs Komödie, das Stück einesteils als ein Appell, gewissen internationalen Brandstiftern mit eigenen ‚Bränden' zuvorzukommen, verstanden würde? Was Frisch nicht beabsichtigt haben mag. Wie, wenn andere nicht minder Bornierte die schlimmen Seiten des Herrn Biedermann, der seinen Besitz bieder ergaunert hat und seinen Haarwassererfinder durch Selbstmord enden läßt, als kommunistische Hetze brandmarken, wie es so schön im Jargon der Organisatoren des Volkszorns hieß?

Das Nachspiel hält die Höhe der Komödie nicht. [...] Dies Nachspiel ist nicht ohne Witz erfunden, und es gespielt zu haben, ist als Versuch der Frankfurter Bühnen verdienstvoll. Wir freuen uns jeden Experiments. Der Haken ist, daß das Nachspiel einen neuen Aspekt in die Sache Biedermann bringt und die läuternde Wirkung des Hauptspiels durch den kabarettistisch-spielerischen Einschlag verwässert. [...]

Wie anpackend und beängstigend die Parabel vom dummen Manne, der sich aus Feigheit seinen Untergang selbst bereitet, gewesen sein mag, die Komik des Vorgangs hob die Angst auf, und selbst dann, wenn Frisch Herrn Biedermann, den geliebten, gehaßten Biedermann, an die Rampe treten und das Parkett fragen läßt, was denn die Biedermänner im Parkett getan und wann sie ‚eingegriffen' und Schluß gemacht hätten, eingeschlossen die kitzlige Frage, wann wohl Herr Biedermann im Parkett gemerkt hätte, was gespielt würde (natürlich vom Anfang an) — selbst dann blieb die Komödie stärker als das Menetekel. [...]
(Frankfurter Allgemeine Zeitung, 1. Oktober 1958)

THEATER AM KURFÜRSTENDAMM, BERLIN (MÄRZ 1959)

Im Herzen die Alten ... (Dieter Kranz)

Hauptfigur des Spiels ist jener Herr Biedermann, Prototyp des braven Durchschnittsbürgers, geschäftlich nicht untüchtig, großsprecherisch und kleinlaut, je nach dem Partner, mit dem er zu tun hat. Das Publikum lernt ihn am Frühstückstisch bei der Lektüre seines Morgenblattes kennen. [...]

Der Autor hat es ausdrücklich festgestellt und das Stück läßt daran keinen Zweifel: diese satirische Groteske soll symbolisch verstanden werden. Und wenn

Leonard Steckel in seiner Inszenierung am Westberliner Theater am Kurfürstendamm die Brandstifter „Lili-Marlen" pfeifen läßt, so kann auch der schwerhörigste Biedermann im Parkett nicht mehr mißverstehen, wem die satirische Attacke gilt. Die verhängnisvolle Torheit, mit der der überwiegende Teil des deutschen Bürgertums den Faschisten auf den Leim gegangen ist, soll angeprangert werden. So unwahrscheinlich die Situationen, die uns Max Frisch auf der Bühne vorführt, auch immer scheinen mögen — in der jüngsten deutschen Geschichte war die Groteske bittere Wirklichkeit. Die Faschisten hatten mit ihren Mordplänen nicht hinter dem Berge gehalten. Sie brüllten öffentlich, daß Köpfe rollen werden, sobald sie nur die Macht hätten; und in Büchern konnte jeder lesen: „Das Volk muß nach Priestern schrein, die Blut, Blut, Blut vergießen ... nach Priestern, die schlachten!" Aber die deutsche Bourgeoisie und ein Teil der Sozialdemokratie meinten, man dürfe nicht immer gleich das Schlimmste annehmen, und sie steckten die Köpfe vor der Gefahr in den Sand. Wie Biedermann den Brandstiftern haben sie den Nazis die Streichhölzer selbst in die Hand gegeben, mit denen alsbald die ganze Welt in Brand gesteckt wurde.

Eine bittere Abrechnung mit der Vergangenheit also —, aber das ist nicht das einzige, nicht einmal das wichtigste Anliegen des Stücks. Max Frisch hat *Biedermann und die Brandstifter* ein Nachspiel folgen lassen, in dem er deutlich die Verbindung zur Gegenwart herstellt und vor einer Wiederholung der einmal begangenen Torheiten warnt: Biedermann und seine Frau sollen für ihre Missetaten eigentlich in die Hölle kommen. Aber sie fühlen sich völlig unschuldig. [...] In ihre [der Brandstifter] letzten Sätze hat Max Frisch seine Warnung gelegt:

TEUFEL: Hast du Streichhölzer? Ich nicht!
BEELZEBUB: Man wird sie uns schenken!

Bei dieser Szene und einigen anderen ist die mahnende Aktualität von *Biedermann und die Brandstifter* überzeugend und geradezu aufrührend. Vergessen wir doch nicht, daß es heute nur allzu viele bundesdeutsche Biedermänner gibt, „im Herzen die Alten", wie Max Frisch sagt, die erst dann begreifen, wohin eine Politik führt, deren Prinzip es ist, mit Atombomben zu jonglieren, wenn es wieder einmal zu spät ist. [...]

Leider gibt es in *Biedermann und die Brandstifter* Unklarheiten in der Konzeption und Probleme in der formalen Gestaltung, die das Verständnis der an sich einfachen Grundidee gefährden und die Wirkung des Stückes damit beträchtlich einschränken. Obwohl sich der Zuschauer bei den ersten Auftritten köstlich amüsiert, sind die Chöre von Feuerwehrleuten, die die Handlung als Travestie des antiken Chores kommentieren, Quelle ständiger Verwirrung. Max Frisch hat zu dieser Frage zwar selbst erklärt: „Der Chor ist nicht parodistisch gemeint [...]."

[...]

Unklarheiten in der Konzeption gibt es auch im Nachspiel in der Hölle. [...] Gewiß gibt es darin auch einige sehr treffende satirische Einfälle. Die Unbelehrbarkeit der Biedermänner [...] wird erst hier drastisch charakterisiert. Problematische Folgen hat jedoch die witzige Idee, die Brandstifter im Stück mit den Teufeln im Nachspiel identisch sein zu lassen. Die Fabel kompliziert sich dadurch unnötig, und überdies wird Biedermann und allen Gleichgesinnten im Parkett [...] eine billige Ausrede in die Hand gespielt: Gegen den Teufel kann man eben nichts machen!

Alle diese kleinen Inkonsequenzen spiegeln sich sogar im programmatischen Untertitel: „Ein Lehrstück ohne Lehre". Das ist natürlich nicht mehr und nicht weniger

als ein Wortwitz (und dazu ein schlechter), charakteristisch jedoch für die Position des Dramatikers Max Frisch, der sich schon in seiner Farce *Die chinesische Mauer* scheute, den entscheidenden Schritt zu tun, als er zwar gegen diejenigen Stellung nahm, die Kriege für unvermeidlich halten, gleichzeitig jedoch von jeder Gewaltanwendung abriet.
(Theater der Zeit, Nr. 14, 1959)

RESIDENZTHEATER, MÜNCHEN (FEBRUAR 1960)

Ein Lehrstück ohne Lehre? (Hanns Braun)

Ein Lehrstück ohne Lehre, wie Max Frisch es nennt, wäre sein Opus *Biedermann und die Brandstifter* auch dann nicht, träte die „Moral" nur aus der Geschichte als solcher zutage. Wo derlei glückt, ist das Wortlose sogar das Überwältigendere! Aber daß es seinem Stück auch an aus-gesprochenen Lehren nicht mangelt, dafür zeugt allein schon der Chor — jener Chor, der in Feuerwehruniform *und* Gesichtsmaske auftritt, aber trotz seiner parodistisch getönten Aktualität eine Funktion des antiken Tragödienchors mit großer Strenge durchführt, nämlich: das auszusprechen, was der Gemeingeist zur Sache, zum dramatischen Vorgang selber, zu sagen hat. Doch ist der Chor nicht der einzige, der sich mit Warnungen ans Publikum wendet, das er andererseits — etwa mit dem Stolz auf die funkelnd funktionierende Apparatur — zeitgerecht-eitel und überzeitlich zugleich vertritt. Vorzüglich im Nachspiel, das sich am Höllentor abwickelt, gibt uns Frisch so viel wortwörtlich Belehrendes zu verkosten, daß von seinem wortspielerischen Untertitel nur mehr die provokatorische Ironie übrigbleibt.

In der Tat ist *Biedermann und die Brandstifter* ein genauso absichtsvolles Stück wie ein *Moral Play* aus dem Mittelalter. Nicht von ungefähr wird an einer Stelle der Salzburger ‚Jedermann' aufgerufen und in ‚Biedermann' transponiert. Dieser Zusammenhang hebt sich auch nicht dadurch auf, daß Frischs Biedermannspiel unsere heutige Welt spiegelt und er seiner dezidierten Warnung vor falscher, feiger Sicherheit kein ebenso dezidiertes Ordnungsbild zugrunde zu legen vermag. Wie sehr es hinwiederum thematisch und dramaturgisch der allerjüngsten Absurditätsdramatik nahesteht, erhellt allein schon daraus, daß einer sich vor aller Augen zusammenbrauenden Katastrophe keinerlei Gegenaktionen, wie im klassischen Drama, antworten. [...]

Anfänglich drängt sich der Eindruck auf, Frisch wolle nur den Koexistenzialismus im enger umschriebenen politischen Sinn aufs Korn nehmen, um ihn als selbstmörderischen Wahn des in Genußsucht versumpften biedermeierlichen Westens zu entlarven. Dazu paßt, daß Biedermanns Verhalten realiter auf Koexistenz und Fraternisieren mit dem Bösen hinausläuft; ferner, daß sehr anschaulich jener Infiltrierungsvorgang dargestellt wird, der bei den Partisanen des dialektischen Materialismus den Kampf mit der Waffe in die Schlußphase der Machtergreifung verdrängen oder gänzlich überflüssig machen soll. Auch paßt dazu die Schuld, die der Haarwasserfabrikant Biedermann mit der brüsken Entlassung des Angestellten Knechtling auf sich lädt. [...]

Es wird jedoch bald ersichtlich, daß Frisch das Menschliche nicht nur in der zeitgegebenen Situation, sondern als ein Ganzes — mit dichterischem Ehrgeiz also — anzugehen sucht. Und wie er hierbei etwa jene Biedermanns-Gutmütigkeit an den Pranger stellt, die sich selbst mit Güte verwechselt und doch nichts ist als Schwäche und Versagen, unzureichend in allen Lebenslagen, die uns Entscheidung und Opfer abverlangen, das wird man gewiß nicht weniger gelungen finden als die bei aller sketchhaften Kürze immer deutlich-treffende Umsetzung des Themas in mimisch-dramatische Handlung.

[...]

Als Herr Biedermann verwirklichte Siegfried Lowitz vortrefflich jenen Typ, dem Genuß und Behagen über alles geht. [...] Lowitz hatte seinen stärksten Augenblick in der Szene, da er, angstschlotternd, seine Unfähigkeit, mit der Angst *zu leben,* als den geheimen Grund seines zum Untergang führenden Illusionismus aufdeckt. Eva Vaitl verkörperte überzeugend das tragische Paradoxon der Ehefrau, die, obgleich nicht minder ichbezogen und oberflächlich, doch besser als der Gatte das ins Haus gedrungene Unheil spürt. [...]

Hans-Dieter Zeidlers Schmitz vereinigte die Kraft des Ringers mit der Verschmitztheit und Tücke des Bären; beim Fressen und Saufen schien er zuweilen wie ein Kind so arglos und heiter, aber jäh schlug er um in Niedergeschlagenheit, jäher noch in die Urlust am Bösen. [...] Horst Tappert als Kellner Eisenring abgefeimt glatt: der kalte ressentimentgetriebene Kumpan, in Wahrheit Spiritus rector dieser Lustbrennerei und insoweit mit Recht kein gewöhnlicher Teufel. Aber zum Satan in Person reichte die Vorlage halt doch nicht. Bleibt noch Wolfried Lier als Dritter im Bunde der Brandstifter. Er spielte den Dr. phil. [...] Es gelang Lier unschwer, ihn als einen jener Intellektuellen zu charakterisieren, die der italienische Kommunistenführer Togliati — auch der Wahrheit frank die Ehre gebend — einmal als „nützliche Idioten“ eingestuft hat.

Die Aufführung fand reichen Beifall für Spielleiter, Spieler und den ihr beiwohnenden Autor Max Frisch selbst. Soweit viele im Publikum sich nur hellauf amüsierten, konnte einen das Grauen packen: Sie realisierten Herrn Biedermann noch einmal, der da alles nur als Spaß ansieht, um sich vor den Konsequenzen zu drücken, die ihm die Wirklichkeit stellt: „Hoffend (wie der Chor es sagt), es komme das Gute / aus Gutmütigkeiten, / Der nämlich irrt sich gefährlich.“
(Süddeutsche Zeitung, 1. Februar 1960)

THEATER AM TURM, FRANKFURT/M. (SEPTEMBER 1969)

Gestern, heute ... und morgen? (Helmut Schmitz)

Im Frankfurter Theater am Turm (TAT) hält man es womöglich für eine politische Tat, Max Frischs *Biedermann und die Brandstifter* gerade jetzt und so zu spielen. Schön wär's. Dies Stück ist jedoch, entgegen dem freundlichen Anschein, kaum geeignet, über einen allgemeinen politisch-humanitären Appell hinaus konkrete Aussagen zu liefern. Schon bei der Frankfurter Erstaufführung unter Buckwitz vor elf Jahren wurde dem Autor allzu leichte und glatte Behandlung seines todernsten Themas vorgeworfen. In der Tat: die verschlüsselte Warnung vor den neuen alten politischen Brandstiftern ist sehr zurückhaltend ausgefallen. Wenn jemand mit Entsetzen lehrreichen Scherz zu treiben versucht, wird nicht immer eine zeitlose Tragikomödie daraus.

[...] Im seinerzeit eigens für Frankfurt geschriebenen Nachspiel in der Hölle, das Frisch gottseidank inzwischen gesperrt hat, tritt Biedermann als immer noch Unbelehrter und Unbelehrbarer auf. Verdeutlicht wird nichts, und ein paar Anleihen bei Goethes „Faust“ sind allenfalls ironisch gemeint.

Frisch hat sein *Lehrstück ohne Lehre*, wie der nicht nur ironische, sondern leider auch weitgehend zutreffende Untertitel lautet, als allegorische Farce angelegt. Da wird Situationskomik getrieben und geblödelt, und der Chor der Feuerwehrmänner sagt in altgriechischer Manier seine abwechselnd klugen und albernen Sprüche dazu. Das bleibt so unverbindlich und angestrengt gutherzig, daß man es sich schier als Festvorstellung beim NPD-Parteitag vorstellen könnte; dessen Teilnehmer sähen ihre weitverbreiteten Ansichten von linken Terroristen weitgehend bestätigt. Von sich selbst — keine Rede. Frisch war zwar Ende der fünfziger Jahre nicht so weit wie heute, doch als derartig frei verfügbar wollte er seine poetischen Konstruktionen wohl doch nicht verstanden wissen.

Es hapert indes schon an der Konzeption: politische Vorgänge und Phänomene lassen sich nicht einfach ins Private übertragen, „überhöhen", Nationalsozialismus, Faschismus und Stalinismus nicht abendfüllend als Brandstiftung chiffrieren; da stimmen, jedenfalls bei Frisch, die Proportionen nicht mehr. Die Brandstifter von heute müssen beim Namen genannt werden. [...] jetzt wäre Gelegenheit gewesen, dem Stück endlich Profil und neue Aktualität zu geben, keineswegs vergröbernd oder verfälschend, sondern im Gegenteil verdeutlichend — gerade in jener Stadt, in der die nach altem Muster organisierten Schläger Bürger zusammendroschen, die es in der Biedermann- und Ohnemich-Rolle nicht aushielten. Da züngeln schon in Flammen, und die Brandstifter sind längst bekannt.

In dem der Volksbühne verpflichteten Theater am Turm wurde zuletzt versucht, Unverbindlichkeit und Ohnmacht einer Kulturanstalt zu überwinden, aktuelles Theater zu machen. Hier schien günstige Gelegenheit dazu, doch man blieb nach dem ersten Schritt stehen. Fehlte der Mut zur künstlerischen wie politischen Konsequenz, das Stück zu einem heutigen zu machen, sein in seiner Unverbindlichkeit überholtes allgemeines Engagement zu verdeutlichen? So brauchte sich niemand als Brandstifter zu fühlen — wo doch schon Frisch andeutete, daß die Biedermänner und die Brandstifter praktisch identisch sind. Ein paar Hinweise im Programmheft auf die NPD, die wirtschaftspolitische und gesellschaftliche Situation in der Bundesrepublik deuten immerhin die Richtung an.

So gab es eine handwerklich solide Inszenierung zu sehen, die, gemessen am Heute, hinter die Vorlage von 1958 zurückfiel. [...]

Es war genau so, wie es nicht sein durfte. Man spielte bloß Theater.

(Frankfurter Rundschau, 5. September 1969)

ERSTAUFFÜHRUNG IN DER DDR (SCHWERIN, JUNI 1961)

Biedermann und die Brandstifter (H. U.)

[...] Max Frischs Parabel von *Biedermann und den Brandstiftern* trifft, so doppeldeutig und hintergründig sie sein mag, ganz eindeutig und vordergründig das Paktieren eines großen Teils der westeuropäischen Bourgeoisie mit dem Faschismus. Die Analogie zu jüngsten historischen Vorgängen drängt sich ebenso auf wie die zu politischen Vorgängen im Westdeutschland der Gegenwart.

Frisch hat seinem Stück ein Nachspiel hinzugefügt, das manches, was die Parabel offenläßt, verdeutlicht und das bezeichnenderweise bei manchen Aufführungen des Stückes in Westdeutschland weggelassen wird. Biedermanns sind tot und warten vor den Pforten der Hölle [...]. Und also begeben sich die Teufel wieder auf die Erde.

Das zielt dann deutlich auf die Gegenwart. So unklar in diesem kabarettistischen Sketch, in dem das Gebrauchschristentum weiter Kreise der Bourgeoisie verhöhnt wird und der Skeptizismus des Autors frivol-geistreiche Späße mit der Inhaltsentleerung von Glaubensvorstellungen treibt, auch die einzelnen Motivierungen sind, außerordentlich klar ist die Warnung des Schlusses. Die große Katastrophe ist vorüber, aber: Wer hat aus ihr gelernt? Biedermann nicht. Und die Brandstifter begeben sich wieder auf die Erde. ..

Max Frisch, der fünfzigjährige Schweizer Schriftsteller, behandelt in seinen epischen und dramatischen Werken [...] immer wieder in ironisch verschlüsselter Weise die moralische Situation des Bürgertums in der Gegenwart. Er sieht Fragwürdigkeiten, Krisen, Katastrophen. Er mahnt und warnt. Er kritisiert. In *Biedermann,* diesem „Lehrstück ohne Lehre", dessen Parabelform den Einfluß Brechts verrät, tut er es sehr konkret. [...] Gestellt wird eine Frage, die ein weitverbreitetes bürgerliches Verhalten gegenüber gesellschaftlichen Veränderungen in seiner gefährlichen Auswirkung kennzeichnet. [...] Max Frisch überläßt viele Schlußfolgerungen aus seinem Stück dem Zuschauer. Er sagt nicht alles in seinem pointierten Dialog, er stellt nicht alles dar in seinen Situationen tragischer Komik. Aber er gibt den produktiven Anreiz zum Weiterdenken.

Die lohnende Bekanntschaft mit diesem Stück und seinem Autor [...] vermittelte das Mecklenburgische Staatstheater, auf dessen interimistischer Kammerbühne im Haus der Jungen Pioniere die DDR-Erstaufführung von *Biedermann und die Brandstifter* stattfand.
(Neue Post, 25. Juni 1961)

LONDON (JANUAR 1962)

Keine Liebe zum Bildungstheater. Max Frischs „Biedermann" in London zurückhaltend aufgenommen (Hilde Spiel)

[...] jedes Unternehmen, einen Autor deutscher Zunge hierher zu verpflanzen, ist mehr als ein Einzelereignis, ist symptomatisch für den Wechsel, der sich endlich, wenn auch langsam, zu vollziehen beginnt. Jeder Fußbreit Bretterboden ist ein Terraingewinn in bisher verschlossenen Bereichen. Freilich hat das Royal Court sein eigenes Publikum, dem der Typ des allegorischen Lehrstücks nicht mehr neu und befremdlich erscheint. Diesen jungen Leuten mit dem Antiatom-Abzeichen im Knopfloch und der eschatologischen Angst im Blick mußte Frischs Parabel vom charaktermorschen Bürger, der das Verhängnis zum Liebkind im Haus macht und den drohenden Weltenbrand mit Gänsebraten nährt, eine erschütternde Bestätigung ihrer Angstträume bringen. Für Frisch indessen bedeuten ein paar Wochen auf der kleinen Bühne am Sloane Square noch nicht den vollen Erfolg. Diese Inszenierung seines Stückes müßte, wie es zuweilen geschieht, von einem der großen Westendtheater übernommen werden, bevor er in London als durchaus akzeptiert betrachtet werden kann. Dazu bedürfte es einer vorbehaltlos enthusiastischen Kritik. Doch die meisten englischen Rezensenten sind selbst „Biedermänner", die an eine Brandstiftung im eigenen Umkreis niemals glauben und sich eher die Decke über die Augen ziehen würden, als einen fernen Feuerschein am Himmel für gefährlich anzusehen.

Fast durchweg lobte denn die Londoner Presse Frischs „ausgezeichnetes Theater", lehnte jedoch seine Botschaft aus den verschiedensten Gründen ab. Die ganze Skala englisch-biedermännischer Vorurteile trat dabei zutage. Ein großer Bühnenabend, bei dem „infantile" Politik verzapft werde, ließ sich der *Daily Express* vernehmen. „Ein wenig die Welt des französischen Vaudeville im vergangenen Jahrhundert, ein wenig die Welt von Dürrenmatt, zuletzt bewundernswert beunruhigend", verniedlichte der *Guardian* die aufrüttelnde Warnung. „Ein Erlebnis von zwingender Gewalt", schrieb der *Sunday Telegraph,* doch habe der Autor sein Problem nur gelöst, indem er es als unlösbar demonstrierte. Und der Doyen der Kritiker, Harold Hobson, erklärte in der *Sunday Times* sogar, Frisch sei sich selbst über die Natur und das Ausmaß seiner Leistung nicht klar geworden; er habe Propaganda bezweckt und etwas Feineres, Tieferes, Reicheres geliefert: „ein Gefühl von griechischer Unausweichlichkeit". Dies war freilich nicht der Sinn, in dem Frisch verstanden werden wollte!
(Tagesspiegel, 14. Januar 1962)

MOSKAU (DEZEMBER 1965)

Verdikt über Herrn Biedermann. Max Frisch, das sowjetische Publikum und die Kritik (Felix Philipp)

Von der sowjetischen Kritik scheint Max Frisch im Gegensatz zu Dürrenmatt erst in den letzten Monaten entdeckt worden zu sein. Als im Mai dieses Jahres sein „Lehrstück ohne Lehre" — *Biedermann und die Brandstifter* in russischer Übersetzung erschien [*Biderman i podshigateli,* von J. Lipinskaja und R. Malec], wurde Frisch den Lesern ziemlich lakonisch als „schweizerischer", „deutschschreibender" Autor vorgestellt, als ein Autor, der sich vor allem mit der Position des Intellektuellen „in der bürgerlichen Welt" sowie mit sozialen und ethischen Problemen befasse; seine wichtigsten Werke seien *Die chinesische Mauer, Stiller, Homo Faber* und *Andorra.*

Mit *Biedermann* und den in diesem Stück enthaltenen „Problemen, die die Menschheit erregen", hat sich R. Kretschetova vor einiger Zeit ausführlich befaßt. In einem längeren Artikel [Verdikt über Herrn Biedermann, in: *Sovjetskaja Kultura,* 31. 8. 1965] analysierte sie die ideologische und dramaturgische Struktur des Werkes. Sie rühmt Frischs handwerkliche Meisterschaft, lobt seinen „staatsbürgerlichen Zorn", die „Sozialkritik, welche die heiligsten Grundfesten der bourgeoisen Welt" einreiße. Dank seiner Redlichkeit und Konsequenz stoße Frisch zu „höchst beachtlichen, allgemein-sozialen Feststellungen" vor. Die Geschichte des Herrn Biedermann, schreibt Kretschetova, sei eine „unwahrscheinlich häßliche Geschichte" und erweise sich als „gescheites bitteres Verdikt über Biedermann und die Biedermänner", sein kompromißloses Vorgehen erlaube es dem Dramatiker, alle verschönernden Dekorationen wegzulassen, welche sonst die wirklichen Grundlagen der bürgerlichen Weltordnung dem oberflächlichen Blick entziehen. Über den Epilog des Stückes äußert sich die Kritikerin entschieden negativ. Sie bedauert, daß Frisch seine „Treffsicherheit" verliert: „Der Epilog läßt den gewohnten Lakonismus und die allgemein verständliche Gleichnishaftigkeit vermissen und weicht einem eher wirren und verwirrenden Stil. [...] Die Handlung wird in die Hölle verlegt, und hier, im infernalischen Pfuhl, beginnt der Dramatiker seine Klarheit zu verlieren und nimmt eine maskenhafte Vieldeutigkeit an. [...] In diesem Ende liegt kein Trost, kein hoffendes Lächeln wird bleiben, wenn der Vorhang fällt." Diese Kritik und das durch die Blume vorgetragene Plädoyer für das Positive mutet den „westlichen" Leser naiv an. Daß es sich dabei aber nicht bloß um Frau Kretschetovas private Meinung, auch nicht um eine „linientreue" Interpretation handelt, sondern tatsächlich um ein Kriterium des hiesigen Publikums, erwies sich bei der Premiere des „Lehrstücks" (am 1. Dezember) im Moskauer *Satirischen Theater:* die sonst sehr klatschfreudigen Russen ließen es diesmal bei drei Vorhängen bewenden. Es muß zwar gesagt werden, daß weder die Inszenierung noch die schauspielerischen Leistungen (mit Ausnahme der herrlichen Babette von O. A. Aroseva) restlos befriedigten. Doch der Grund, weshalb Frischs *Biedermann* so kühl aufgenommen wurde, scheint mir anderswo zu liegen: der Russe ist es nicht gewohnt, im Theater nachzudenken, und er ist mißtrauisch gegen alles noch nicht Dagewesene. Dies ist natürlich eine denkbar ungünstige Voraussetzung, gerade für *Biedermann und die Brandstifter,* ein Stück das sowohl formal als auch inhaltlich nicht wenig Ansprüche an den Zuschauer stellt. Der Regisseur, M. A. Zacharov, war sich dessen bewußt und ist dem Publikum insofern entgegengekommen, als er das Schauspiel wirklich in der Art einer *Show* aufzog: der Chor wurde von einem Orchester mit zündender Musik (Anatolij Kremer) begleitet; das Lehrstück („ohne Lehre") wirkte wie ein Musical. Doch auch dies wußten die Russen nicht zu schätzen. Sie waren ganz einfach ratlos. Für ein Lehrstück war die Aufführung einfach nicht „ernst" genug und für ein Musical nicht „leicht" genug. Manche Zuschauer verließen das Theater bereits in der Pause.

[...]

N. Pavlova schätzt Frisch sehr hoch. [...] Daß sie sein Werk *à fond* kennt, bewies sich nicht nur in unserem Gespräch, sondern auch in einem Aufsatz, der „die erregenden Fragen von Max Frisch" zum Gegenstand hat [Die erregenden Fragen von Max Frisch, in: *Literaturnaja Gazeta,* 7. 8. 1965]. Sie beschäftigt sich darin hauptsächlich mit *Biedermann und die Brandstifter* und gelangt nach einer kurzen Zusammenfassung des Stückes zur Feststellung, man könne dieses Schauspiel mit gutem Recht „antifaschistisch" nennen; mit sicherer Hand und ohne von der historischen Wahrheit abzuweichen, führe der Dramatiker eine Reihe durchsichtiger, scharfsinniger und bitter-lehrhafter Analogien zur jüngsten Vergangenheit an. Doch: „Der antifaschistische Gehalt des Stückes besteht nicht darin, daß Frisch auf die Vergangenheit der Deutschen, auf den Reichstagsbrand und den Feuerschein des Krieges bezieht. Die Gefahr des Faschismus bringt Frisch in Beziehung zur Fähigkeit des Spießers, sich die Ideologie der Gewalt widerspruchslos anzueignen." Wie in dem (den russischen Lesern bekannten) *Besuch der alten Dame* von Dürrenmatt beweise der Bürger (in *Biedermann und die Brandstifter*) eine gefährliche Leichtigkeit, „unter dem Druck der Umstände das Unnatürliche für das Natürliche und das Verbrecherische für etwas Gewöhnliches zu nehmen". [...]
(Die Tat, 10. Dezember 1965)

NEW YORK (NOVEMBER 1969)

Die Brandstifter geben eine Lehre. Die Parabel betont die Gefahr der moralischen Apathie (Henry Raymont)

Aufgeführt in New York von der Schauspieltruppe Zürich, in deutscher Sprache

Max Frischs heitere Komödie in einem Akt, *Biedermann und die Brandstifter,* stellt die moralisch neutrale Vorsicht eines liebenswürdigen, egoistischen bürgerlichen Ehepaars den brutalen Ambitionen zweier brandstiftenden Fanatiker gegenüber. Weil die guten Bürger es bequemer finden, ihren unwillkommenen Gästen entgegenzukommen, werden sie stillschweigende Komplizen der voraussehbaren Zerstörung ihres Hauses.

Dieses Stück des Schweizer Autors — ebenso wie sein berühmter Roman *Stiller* — untersucht bohrend das Thema der Verantwortlichkeit des Einzelnen für gesellschaftliche und politische Umstände. Als es hier 1963 zum ersten Mal in der englischen Übersetzung in einer kurzen *Off Broadway* Inszenierung aufgeführt wurde, neigten die Rezensenten dazu, es als interessant, aber wenig einschlägig zu verabschieden.

Gestern abend erschien das Stück in seiner ursprünglichen deutschsprachigen Fassung als *Biedermann und die Brandstifter* wieder in einer leistungsfähigen Aufführung der Schauspieltruppe Zürich im Barbizon Plaza Theater [...] mit der ersten amerikanischen Aufführung von Frischs charmanter Komödie in einem Akt *Die große Wut des Philipp Hotz.*

Verglichen mit der früheren Aufführung der Brandstifter hier, hat das Stück durch die Originalsprache und das ausgezeichnete Spiel der Schweizer Dramagruppe gewonnen, und es muß bedauert werden, daß solch ein aktuelles Thema nur dem deutschsprechenden Publikum zugänglich ist.

Obgleich Frisch das Werk 1953 als Parabel der deutschen Kriegsschuld schrieb, geht seine Gesellschaftskritik viel tiefer als die Unsittlichkeit des Krieges. Georg [sic] Biedermann — eine Art George Upright — wird angeklagt, sich den klassischen Werten der abendländischen Gesellschaft verschrieben zu haben, die den technischen Fortschritt und Nutzeffekt anzubeten scheint, den menschlichen existentiellen Umständen gegenüber blind bleibt. Die Übel der Gesellschaft werden dem Schicksal zugeschrieben. [...]

„Dieses Stück ist heutzutage eigentlich einschlägiger in Amerika als in Europa", sagte Maria Becker, die führende Schauspielerin der Gruppe, die das Werk auch während der amerikanischen Tournee leitete, in einem Interview im Künstlerzimmer. „Bis vor kurzem hat sich das amerikanische Publikum den Werken von Frisch und Dürrenmatt und Günter Grass gegenübeı gleichgültig verhalten, weil es sie für zu abstrakt und ihrem wahren Erlebnis zu entfernt hielt. Ich glaube, daß die Verwicklung der amerikanischen Probleme, besonders die Teilnahme an der Entmenschlichung im Vietnam-Krieg, all dies geändert hat." [...]
(New York Times, 27. November 1969. Aus dem Englischen)

WIEN (APRIL 1977)

Steigbügelhalter. Lindtberg kontrapunktiert Frisch mit Lessing (Otto F. Beer)

[...] Leopold Lindtberg hat am Wiener Akademietheater für eine interessante thematische Konfrontation gesorgt, als er Max Frischs *Biedermann und die Brandstifter* mit Lessings äußerst selten gespielter Komödie *Die Juden* an einem Abend zusammenspannte. Das kleine Lustspiel des 20jährigen Lessing ist zwar noch keine selbständige Arbeit, dient aber der Begriffsbestimmung, der Verdeutlichung für das nachfolgende Werk von Max Frisch.

So wie dort zwei Galgenvögel das Haus des kompromißbereiten Biedermannes anzünden, sehen wir auch hier in [...] Lessings Stück zwei ähnlich dubiose Erscheinungen, die in der Maske von Juden einen Landbaron überfallen haben. [...]

Der gewichtigere Teil des Abends gehörte Max Frisch. *Biedermann und die Brandstifter* hat in den knapp zwei Jahrzehnten seit seiner Entstehung bereits ein tüchtiges Stück Interpretationsgeschichte durchgemacht. Mit den beiden Brandstiftern [...] waren damals noch eindeutig die braunen Brandstifter gemeint, und Familie Biedermann stand für die Steigbügelhalter ihrer Bewegung. Aber Max Frisch hat eine Parabel geschrieben, die sich absichtsvoll vom Jetzt und Hier löste. Und so war das Stück schon bald nach seiner Uraufführung als ein Gleichnis über Brandstifter jeder Couleur zu erkennen, nunmehr auch der linken. [...] Mit Recht hat Lindtberg das Nachspiel bei der Wiener Burgtheater-Aufführung fortgelassen.

Vielleicht kann man der Inszenierung vorwerfen, daß sie in den entscheidenden Begegnungen zwischen dem kompromißlerischen Hauseigentümer und den beiden Spitzbuben zu lustig, damit wohl auch zu harmlos und zu wenig diabolisch geriet. [...] Dennoch [...] schälte Lindtberg die Dialektik eines inzwischen zeitlos gewordenen Parabelstückes deutlich heraus.
(Rheinischer Merkur, 22. April 1977)

FERNSEHFASSUNG (ARD, 16. 4. 1967)

Viel kann vermeiden Vernunft

Man kennt Frischs ‚Lehrstück ohne Lehre' aus dem Buchtext, von der Bühne und als Hörspiel. Immer beeindruckt die Parabel von der Verführbarkeit durch das Böse, der Herr Biedermann, und das ist jedermann, erliegt. Am stärksten hat sich die Schauspielfassung eingeprägt, die die chorischen Elemente der antiken Schicksalstragödie nutzt, um die Unentrinnbarkeit des ‚Schicksals' zu ironisieren und als menschlichen, allzumenschlichen Unfug zu kennzeichnen. Das ‚Nachspiel' paraphrasiert die Grunderkenntnis und zerstört die Hoffnung, die ‚Brandstifter' könnten jemals dem Verhängnis entsagen.

Die Fernsehfassung, die Frisch offenbar eigens für diese Aufführung gefertigt hat, eliminiert den Chor der Feuerwehrleute ebenso wie das Nachspiel. Die Rolle besagten Chores wird einem Reporter übertragen, der Herrn Biedermann vor dem Bildschirm befragt, um mit dieser Zwiesprache die Handlung aufzulockern und zu verknüpfen. Die Unterbrechungen bekommen dem Werk nicht allzu gut: einmal wird das dramatische Kontinuum beeinträchtigt und zum anderen lockert sich im Zeichen der ‚Vernehmung' die Ernsthaftigkeit einer Handlung, weil das Kommende durch die ex-post-Betrachtungsweise relativiert wird. Das Rennen ist im Grunde bereits gelaufen, die dramatischen Szenen werden daher zum Illustrationsmaterial. Das heißt: Biedermann ist in Abstand zum Zuschauer gebracht, so daß dieser jenen als ‚Teil in uns' nicht so ernst nehmen kann wie in der Bühnenfassung, zumal die burlesken Elemente des Stückes hier größeren Freilauf erhalten als ihnen zukommt. Das geht auf Kosten der Bedrohlichkeit, die dem Spiel von seiner Natur her innewohnt. Wenn das zutrifft, dann handelt Biedermann töricht und nicht notgedrungen, dann sind Schmitz und Eisenring nur Schelme und keine gefährlichen Kreaturen.

[...] Rainer Wolffhardts Regie vertraut der Posse mehr als dem ‚Lehrstück', damit einen Teil der Brisanz verschenkend, die dem Schauspiel *Biedermann und die Brandstifter innewohnt.* Die ‚Lehre', die der Autor leugnet, ist ursprünglich dem Chor anvertraut. Sie hat — bereits in der ersten Szene — vier Worte: „Viel kann vermeiden Vernunft!"

(epd Kirche und Fernsehen, 22. April 1967 [jetzt: epd Kirche und Rundfunk, Frankfurt])

VI. Literaturverzeichnis

1. *Ausgaben*

Stücke, Bd. 2: Don Juan oder die Liebe zur Geometrie. Biedermann und die Brandstifter. Die große Wut des Philipp Hotz. Andorra. Frankfurt/M.: Suhrkamp Verlag 1962.

Stücke: Nun singen sie wieder. Don Juan oder die Liebe zur Geometrie. Biedermann und die Brandstifter. Andorra. Berlin (DDR) 1965.

Gesammelte Werke in zeitlicher Folge. Werksausgabe edition suhrkamp in zwölf Bänden. Frankfurt/M.: Suhrkamp Verlag 1976.

Biedermann und die Brandstifter. Ein Lehrstück ohne Lehre. (Mit einem Nachspiel). Frankfurt/M.: Suhrkamp Verlag 1958 u. ö. = edition suhrkamp 41.

Herr Biedermann und die Brandstifter, Hörspiel. In: Hörwerke der Zeit. Hamburg: Hans Bredow Institut ^{5}1953.

2. *Andere Schriften Frischs, auf die verwiesen wird*

Blätter aus dem Brotsack. Tagebuch eines Kanoniers. Zürich: Atlantis-Verlag 1940.

Tagebuch 1946—1949. Frankfur/M.: Suhrkamp Verlag 1950.

„Was ist komisch?“ In: Programmheft des Schauspielhauses Zürich, Nr. 14. Zürich 1958, S. 5 f.

Stiller. Frankfurt/M.: Suhrkamp Verlag 1965.

Erinnerungen an Brecht. Berlin: Friedenauer Presse 1968.

3. *Bibliographie*

Beckermann, Thomas: Bibliographie zu Max Frisch. In: Text + Kritik, Heft 47/48: Max Frisch (München 1975), S. 88—98.

Petersen, Klaus Dietrich: Max Frisch Bibliographie. In: *Eduard Stäuble,* Max Frisch. Ein Schweizer Dichter der Gegenwart. Versuch einer Gesamtdarstellung seines Werkes. Amriswil: Bodensee Verlag 1967, S. 244—270.

4. *Gesamtdarstellungen*

Bänziger, Hans: Frisch und Dürrenmatt. München: Francke Verlag 1971.

Beckermann, Thomas (Hrsg.): Über Max Frisch. Frankfurt/M.: Suhrkamp Verlag 1971.

Dietrich, Margret: Das moderne Drama: Strömungen-Gestalten-Motive. Stuttgart: Alfred Kröner Verlag 1963 = Kröner Taschenausgabe 220.

Durzak, Manfred (Hrsg.): Die deutsche Literatur der Gegenwart: Aspekte und Tendenzen. Stuttgart: Philipp Reclam jun. 1971.

Durzak, Manfred: Dürrenmatt, Frisch, Weiss: Deutsches Drama der Gegenwart zwischen Kritik und Utopie. Stuttgart: Philipp Reclam jun. 1972.

Gassner, John: The Theatre in Our Times. New York: Crown Publishers 1954.

Karasek, Hellmuth: Max Frisch. Hannover: Friedrich Verlag 1969 = Friedrichs Dramatiker des Welttheaters 17.

Koebner, Thomas (Hrsg.): Tendenzen der deutschen Literatur seit 1945. Stuttgart: Alfred Kröner Verlag 1971 = Kröners Taschenausgabe 405.

Lumley, Frederick: New Trends in 20th Century Drama: A Survey Since Ibsen and Shaw. New York: Oxford University Press 1972.

Mann, Otto: Geschichte des deutschen Dramas. Stuttgart: Alfred Kröner Verlag 1963 = Kröner Taschenausgabe 296.

Martini, Fritz: Deutsche Literaturgeschichte. Stuttgart: Alfred Kröner Verlag 1968 = Kröner Taschenausgabe 196.

Petersen, Carol: Max Frisch. Berlin: Colloquium Verlag 1966.

Schmitz, Walter (Hrsg.): Über Max Frisch II. Frankfurt/M.: Suhrkamp Verlag 1976.

Stäuble, Eduard: Max Frisch: Gedankliche Grundzüge in seinen Werken. Basel: F. Reinhardt Verlag 1967.

Stäuble, Eduard: Max Frisch: Gesamtdarstellung seines Werkes. St. Gallen: Erker Verlag 1967.

Text + Kritik, Heft 47/48: Max Frisch. München 1975.

Weisstein, Ulrich: Max Frisch. New York: Twayne Publishers Inc. 1967 = Twayne's World Author Series 21.

5. *Einzeluntersuchungen*

Alleman, Beda: Die Struktur der Komödie bei Max Frisch. In: *Th. Beckermann* (Hrsg.), Über Max Frisch. Frankfurt/M.: Suhrkamp Verlag 1971, S. 261—273.

Baaske, Johannes: Max Frisch als Dramatiker. Zum Problem der Gesellschaftskritik von der Position eines spätbürgerlichen Intellektuellen, dargestellt an den Stücken „Die Chinesische Mauer", „Graf Öderland", „Biedermann und die Brandstifter" und „Andorra". Staatsexamensarbeit (Masch.), Humboldt-Universität. Berlin 1962.

Bach, Max: The Moral Problem of Political Responsibility: Brecht, Frisch, Sartre. In: Books Abroad, Nr. 37, 1963, S. 378—384.

Bienek, Horst: Max Frisch. In: *H. Bienek,* Werkstattgespräche mit Schriftstellern. München: Deutscher Taschenbuchverlag 1976 = dtv 291, S. 23—37.

Brewer, John T.: Max Frischs Biedermann und die Brandstifter als Dokument der Enttäuschung eines Autors. In: *W. Schmitz* (Hrsg.), Über Max Frisch II. Frankfurt/M.: Suhrkamp Verlag 1976, S. 281—292.

Brock-Sulzer, Elisabeth: Max Frisch. In: *E. Brock-Sulzer,* Welttheater. Wien: Wiener Buchgesellschaft Donauland 1962.

Esslin, Martin: Max Frisch: Biedermann und die Brandstifter. In: *M. Esslin,* Das Theater der Absurden. Frankfurt/M.: Athenäum Verlag 1967, S. 211 ff.

Galli, M.: Ist Biedermann der Mensch des Westens? In: Orientierung, Nr. 22, 1958, S. 97—99.

Geissler, Heinrich: Die Entstehung von Max Frischs Dramaturgie der Permutation. Bern: Verlag Paul Haupt 1973.

Hensel, Georg: Max Frisch: Welt- und Ich-Modelle. In: *G. Hensel,* Theater der Zeitgenossen: Stücke und Autoren. Frankfurt/M.: Propyläen Verlag 1972, S. 122 ff.

Jacobi, Johannes: Keine politische Botschaft aus der Schweiz: Die jüngsten Dramen von Frisch und Dürrenmatt. In: Die Zeit, 9. März 1962.

Jäger, Ellen-Maria: Schwerin: Biedermann und die Brandstifter von Max Frisch. In: Theater der Zeit, Nr. 16, Heft 8, 1961, S. 73—74.

Jurgensen, Manfred: Leitmotivischer Sprachsymbolismus in den Dramen Max Frischs. In: *Th. Beckermann* (Hrsg.), Über Max Frisch. Frankfurt/M.: Suhrkamp Verlag 1971, S. 274—286.

Jurgensen, Manfred: Biedermann und die Brandstifter. In: *M. Jurgensen,* Max Frisch. Die Dramen. Bern: Lukianos-Verlag 1968, S. 68—79.

Karasek, Hellmuth: Biedermann und die Brandstifter. In: *Th. Beckermann* (Hrsg.), Über Max Frisch. Frankfurt: Suhrkamp Verlag 1971, S. 137—146.

Kesting, Marianne: Nachrevolutionäres Lehrtheater. In: *M. Kesting,* Panorama des zeitgenössischen Theaters. München: Piper Verlag 1962, S. 262—268.

Knust, Herbert: Moderne Varianten des Jedermann-Spiels. In: Helen Adolf-Festschrift, hrsg. von *Z. Sheema, Buehne, James L. Hodge* und *Lucille Pinto.* New York: Friedrich Ungar Publishing Co. 1968, S. 309—341.

Küsel, Herbert: Rätsel, die uns aufgegeben sind: Die Brandstifter des Herrn Biedermann. In: Die Gegenwart, Nr. 13, 1958, S. 695—697.

Matthias, Klaus: Die Dramen von Max Frisch: Strukturen und Aussagen. In: *W. Schmitz* (Hrsg.), Über Max Frisch II. Frankfurt/M.: Suhrkamp Verlag 1976, S. 75—124.

Melchinger, Siegfried: Biedermann und die Brandstifter. In: Die Zeit, 17. April 1958.

Miller, Norbert: Moderne Parabel? In: Akzente, Nr. 6, 1959, S. 220 ff.

Müller, Joachim: Max Frisch und Dürrenmatt als Dramatiker der Gegenwart. In: Universitas, Nr. 17, 1962, S. 725—738.

Pickar, Gertrud: Biedermann und die Brandstifter: The Dilemma of Language. In: Modern Languages, Nr. 50, 1969, S. 99—105.

Plard, Henri: Der Dramatiker Max Frisch und sein Werk für das Theater der Gegenwart. In: Universitas, Nr. 19, 1964, S. 905—914.

Riegel, Paul: Biedermann und die Brandstifter: Max Frischs Jedermann 1958. In: Blätter für den Deutschlehrer, Nr. 5, 1961, S. 5—6.

Schenker, Walter: Die Sprache Max Frischs in der Spannung zwischen Mundart und Schriftsprache. Berlin: Walter de Gruyter & Co. 1969.

Schenker, Walter: Mundart und Schriftsprache. In: *Th. Beckermann* (Hrsg.), Über Max Frisch. Frankfurt/M.: Suhrkamp Verlag 1971, S. 287—299.

Schröder, Jürgen / Neumann, G.: Das Drama Max Frischs. In: Dürrenmatt, Frisch, Weiss. München: W. Fink Verlag 1969, S. 61—114.

Schröder, Jürgen: Spiel mit dem Lebenslauf: Das Drama Max Frischs. In: *W. Schmitz* (Hrsg.), Über Max Frisch II. Frankfurt/M.: Suhrkamp Verlag 1976, S. 29—71.

Schwarz, Theodor: Die Kritik der bürgerlichen Gesellschaft bei Dürrenmatt und Frisch. In: Philologica, Nr. 18, 1966, S. 83—89.

Unseld, Siegfried: Gottlieb Biedermann. Nicht mehr davongekommen. In: Programmheft der Städtischen Bühnen Frankfurt am Main, Nr. 4, 1958.

Wapnewski, Peter: Tua res: Zum Tagebuch II von Max Frisch. In: *W. Schmitz* (Hrsg.), Über Max Frisch II. Frankfurt/M.: Suhrkamp Verlag 1976, S. 375—384.

Weber, Werner: Max Frisch 1958. In: *W. Weber,* Zeit ohne Zeit. Zürich: Manesse Verlag 1959.

Weber, Werner: Zu Frischs Biedermann und die Brandstifter. In: Dichten und Trachten, Nr. 12, 1958, S. 59—65.

Weise, Adelheid: Untersuchungen zur Thematik und Struktur der Dramen von Max Frisch. Göppingen: Verlag Alfred Kümmerle 1970.

Ziegfeld, Richard E.: The Writer and His Publisher: Max Frisch's Relationship With Peter Suhrkamp. In: Seminar, Nr. 4, 1979.

Ziolkowski, Theodore: Max Frisch: Moralist Without a Moral. In: Yale French Studies, Nr. 29, 1962, S. 132—141.